KB052823

# 호박에 반한 남자

# 호박에 반한 남자

**초판 1쇄 인쇄** | 2019년 12월 10일
**초판 1쇄 발행** | 2019년 12월 21일

**지은이** | 최근명
**교정/편집** | 안덕훈 / 김지현 / 이수영
**표지 디자인** | 김지현
**펴낸이** | 서지만
**펴낸곳** | 하이비전

**신고번호** | 제 305-2013-000028호
**신고일** | 2013년 9월 4일 (최초 신고일 : 2002년 11월 7일)

**주소** | 서울시 동대문구 하정로47 (신설동) 정아빌딩 203호
**전화** | 02) 929-9313
**홈페이지** | hvs21.com
**E-mail** | hivi9313@naver.com

ISBN 979-11-89169-38-1 (03810)

값 15,000원

4전 5기로 이룬 최근명의 호박신화

# 호박에 반한 남자

저자 최 근 명

✚ 하이비전

# 추천사

농업의 새로운 길, 성공의 지름길을 만들어주는 안내서로 추천합니다.

**윤선〈경제학 박사, 「해바라기 마케팅」 저자〉**

농업을 시작하면서 어떻게 해야 할지 고민스럽나요? 농산업 부가가치를 만들어 소득을 올리고 싶나요? 농업의 현장 변화사례를 알고 싶나요? 성공사례만 아니라 실패사의 극복과정을 통해 경영의 길을 찾고 싶나요? 혹시 지금 어려운 상황에 있으신가요?

그러면 이 책을 보십시오. 여기에 40년이 넘는 농업 현장의 변화를 만들어가는 사람의 역사가 생생히 기록되어 있습니다.

"농업인이 6차산업까지 해야 하나요? 혼자서 가공 체험, 판매까지 하게 된다는 것은 너무 어려운 일이잖아요."

최근명 대표의 늙은호박 한덩어리가 어떻게 생산과 가공, 판매체험을 하는 황금덩이 호박이 되었는가를 보게 되면 성공의 길을 알게 될 것입니다. 호박을 생산하고, 호박즙, 호박죽을 가공하고 판매까지 하는 시스템을 만들었습니다.

농업의 부가가치를 올리기 위해 특별한 농산물을 재배하여야 한다고 생각하십니까? 그러면 참샘골식품의 호박이야기를 들려드립니다.

호박은 어느 밭에나 심지어 논두렁에서도 재배합니다. 농업에서는 어떤 것이 잘 된다 하면 따라서 심게 됩니다. 하지만 남 따라 가다보면 정작 제대로 하는 것 없이 실패하게 됩니다. 최근명 대표는 농촌 어디에나 있는 호박으로 부가가치를 만들어 황금덩어리로 만들었습니다. 작목이 문제가 아니라 그 작물을 어떻게 부가가치를 만드는가에 대한 생산자의 문제입니다.

다들 생산은 하겠는데 마케팅이 문제라고 합니다. 마케팅을 잘 한다는 것은 고객과의 관계를 잘 하는 것에서부터 출발하고 새로운 시장을 만드는 것입니다. 홈페이지, 블로그, 페이스북에도 지속적으로 글을 올려야 합니다. 참샘골에는 얼마나 호박을 사랑하는지 알 수 있으며 스토리가 있습니다.

이 책에서는 농산업 경영자가 성공한 브랜드 마케팅의 정석을 볼 수 있습니다. 판매를 고민하는 문제가 아니라 고객과 신뢰, 상품의 위상, 꿈을 나누면서 어떻게 소통했는지가 그려져 있습니다.

너무나 소중한 마케팅의 보물입니다. 사람들은 팔려고 할 때 이곳에서는 브랜드를 만들었습니다. 판매에 스토리를 만드는 것, 참샘골 마케팅의 핵심입니다.

마을 사업, 다들 어렵다고 합니다. 하지만 이곳에서는 마을 주민과 함께 하여 사람들이 찾아오고 부가가치가 만들어지는 마을을 만들었습니다. 호박 죽 쑤어먹기 체험을 시작한 마을회관이 이제는 호박 피자, 호박 칼국수 만들기 체험장이 되었고, 수많은 사람들이 찾아오는 공간이 되었습니다. 수익금이 마을로 들어가 마을 주민들이 좋아하십니다.

결국 시그니처(signature)라고 할 수 있는 호박이 있었고, 최근명 대표가 마을을 홍보했기에 이렇게까지 성공할 수 있었습니다.

6차산업을 제대로 해보고 싶나요? 왜 홈페이지 하나로 시작된 변화가 어떻게 2013년 6차산업 경진대회 '대상'을 수상하게 되었는가의 흐름이 이 책에 있습니다.

어떤 작물을 재배하고 어떻게 경영하며 마케팅 할 것인가에 대한 고민이 있다면 이 책을 적극 추천합니다. 호박이라는 작물의 재배 변화과정을 통해 명인의 길을 만들었기에 어떤 작목도 재배하여 부가가치를 만들 수 있기 때문입니다.

농업인과 함께 하여 마을 사업을 하려고 한다면 리더가 어떤 마음으로 접근하고, 상품화를 어떻게 해야 하는가에 대한 답이 이 책에 있습니다.

참샘골 최근명 대표는 아무것도 없는, 눈에도 보지지 않는 농업의 길, 부가가치의 길, 6차산업의 길을 현장에서 새로운 길을 만들었고,

뒤를 따르는 사람들에게 지름길의 역할을 해 주었습니다. 수많은 사람들이 줄을 이어 참샘골에 벤치마킹 오는 이유입니다.

현장에서 2,600회 강의를 하면서 빠뜨리지 않는 것은 최근명 대표와의 새벽마케팅 인연, 고객을 향한 작은 변화가 어떻게 성공을 만들어 왔는가에 대한 사례입니다. 사례 말하면 모두가 깊은 감동을 합니다. 그리고 나도 한번 해 보겠다고 하는 분들이 많습니다.

농업 경영자들의 고군분투하며 변화된 과정이 너무나 감동적이었기 때문에 시작하였던 〈농업인 책 쓰기 프로젝트〉 이렇게 멋진 결실을 맺게 되었습니다.

분명 이 책은 여러분의 농업의 새로운 길에 대한 길을 안내해 줄 것입니다. 한 줄 한 줄 읽으면서 내가 해야 할 작은 변화, 고객을 향한 마케팅 길을 찾게 될 것입니다.

이 책은 농업을 시작하거나 농업경영자가 변화를 위한 방향과 마을 리더로서 제대로 해보고 싶으신 분들, 농촌융복합 산업에 대한 정책을 입안하거나 현장을 지도하시는 분들은 꼭 한 번 읽어보시기를 강력히 추천합니다.

윤 선

# 머리말

흔히 예기치 못한 행운을 만났을 때 '호박이 넝쿨째 굴러들어왔다'는 말을 한다. 호박은 내 인생에 있어서 가장 큰 행운이었다. 그러니 '호박이 넝쿨째 굴러들어왔다'는 말은 나에게 말 그대로 딱 들어맞는 표현이라고 할 수 있다. 그러나 엄밀히 말하면 호박이 나에게 저절로 굴러들어온 것은 아니다.

농축산업에서 4전 5기, 3번이나 실패하고 마지막 4번째 도전으로 어렵게 시작한 버섯 농사마저 또 실패하고 막막한 마음으로 무작정 서울로 올라와 가락동 농산물 시장을 배회하던 중 우연히 내 눈에 들어온 것이 호박이었다. 그런데 그 우연적인 만남은 내 인생에 있어서 운명적인 만남이 되었다. 그때 맺은 호박과의 인연이 이제 20년을 훌쩍 넘어 4반세기에 접어들고 있으니 우연이라고 하기엔 그 인연이 너무도 깊고 질기기 때문이다. 사람도 우연히 맺은 인연

이 세월이 켜켜이 쌓이면서 피를 나눈 가족처럼 되듯이 오랜 세월 나와 가족들의 삶을 지켜준 호박 역시 나에게 소중한 존재가 되었다.

　주변 사람들은 나를 가리켜 호박박사, 또는 호박신화의 주인공이라고 부른다. 그리고 대박 신화를 이룰 수 있었던 비법이 무엇이냐고 묻곤 한다. 나 스스로 내 인생을 '대박'이라고 생각하지는 않지만 호박과 함께해온 내 삶의 과정이 누군가에게 조금이나마 도움이 될 수 있다면 그 또한 보람 있는 일이 아닐까? 그러한 의미에서 부끄럽지만 이 책은 호박과 함께해온 나의 삶의 과정을 담은 '전원일기'라고 할 수 있다. 그리고 평범한 시골 농부에 불과했던 나를 농촌융복합산업(6차산업)의 성공 신화의 주인공으로 만들어준 호박에 대한 예찬이라고도 할 수 있다.

　아무쪼록 나의 호박이야기가 다른 누군가의 또 다른 대박이야기로 이어질 수 있기를 바라는 마음으로 이 책을 세상에 내놓는다.

최근명

# 차례

추천사 · 4
머리말 · 8


## 1장. 농축산업은 나의 운명

1. 제대를 앞둔 청년 최근명의 고민 · 18
2. 국내 최대의 삼화목장에서 시작한 낙농업의 꿈 · 21
3. 삶의 터전이 되어준 제2의 고향 참샘골 그리고 아내 · 25


## 2장. 네 번의 실패로 배운 교훈

1. 농촌에 떨어진 핵폭탄 · 30
2. 우루과이라운드 사태에서 얻은 교훈과 재도전 · 32
3. 두 번째 실패 · 35
4. 세 번째 실패 · 37
5. 헤어날 수 없이 깊은 실패의 나락 · 40
6. 절망의 끝에 지푸라기를 잡는 심정으로 · 45
7. 호박에서 황금을 보다 · 47

# 3 장. 호박은 둥글다

1. 인생의 전환점, 황금덩이 호박과의 만남 ▪52
2. 정보화시대의 흐름을 타고 인터넷 직거래를 시작하다 ▪60
3. 최근명 한국농업경영인 후계자가 되다 ▪72
4. 호박 가공식품 개발로 농촌융복합산업(6차산업)을 시작하다 ▪78
5. '호박미인' 브랜드 이야기 ▪83


# 4 장. 명인이라는 책임과 사명

1. 호박농부 최근명, 한국벤처농업대학교에 입학하다 ▪88
2. 간편하게 먹을 수 있는 고구마&호박죽 상품을 개발하다 ▪94
3. 참샘골 브랜드, 윤선 박사와의 만남으로 마케팅에 눈을 뜨다 ▪100
4. '창의적 손맛 사업'으로 호박손 달인 물, 액상차를 개발하다 ▪118
5. 호박농부 최근명, 명인으로 등극하다 ▪123
6. 호박농부 최근명, 농어민 명예교사가 되다 ▪129


# 5 장. 회포마을에 부는 마케팅 바람

1. 고객은 나의 스승, 호박 체험장을 개설하다 ▪136

2. 관광객이 늘어나면서 회포마을과 6차산업을 연계하다 ▪ 141

3. 서산시 농촌체험관광 협의회 초대 회장이 되다 ▪ 146

4. 호박으로 회포마을을 명소로 만들다 ▪ 149

5. 참샘골 맷돌호박, T.V 등 방송 매체에 단골로 등장 ▪ 156


6 장. 농촌융복합산업 활성화로 주민 모두가 잘사는
     공동체 건설

1. 최근명, 농촌융복합산업(6차산업) 공로로 '대통령상'을 타다
   ▪ 164

2. 미니호박 노지 흑색멀칭 재배법으로 대량생산 성공 ▪ 167

3. 최고의 항암호박으로 알려진 땅콩호박, '천기누설' 프로그램에
   방영 ▪ 172

4. 참샘골식품 첨단 자동화 시설로 제2의 준공 ▪ 176

5. K파머스 윤성진 대표와 스마트폰 4천만 시대 실시간 공유시스
템을 논하다 ▪ 180


7 장. 최근명의 미래 비전과 준비는 계속된다

1. 농촌융복합산업(6차산업) 성공사례 강사 ▪ 190

2. 컴퓨터 농부에서 스마트농부로 변신하다   · 193

3. 대한민국 대표 농장 스타팜, 최우수 스타가 되다   · 196

4. 꿈은 꾸는 사람만이 이룰 수 있다. 슈퍼호박 '은상' 챔피언이
   되다   · 199

5. 국제라이온스협회 대산라이온스클럽 창립 멤버   · 203

6. 한국새농민회 서산시회 회장이 되다   · 207

7. 6차산업으로 이룬 마을 공동체   · 211

8. 나의 도전은 계속된다   · 222


에필로그   · 228


부록

1. 맷돌호박 흑색비닐 멀칭 재배법   · 230

2. 늙은호박 저장 기술 개발 연구 자료
   (단국대학교 논문 발표 우수상 수상)   · 232

3. 서울신문 보도 기사 (신 전원일기)   · 238

4. 중앙일보 특집 기사 (왜~ 6차산업인가)   · 247

5. 조선일보 신문기사
   [쿨 애그(Cool Agriculture) 시대, 농업에서 미래를 본다]   · 251

6. 호박요리 레시피   · 256

# 1장

# 농축산업은
# 나의 운명

# 1.

# 제대를 앞둔 청년 최근명의 고민

'남자는 군대를 다녀와야 철이 든다'는 말이 있듯이 대한민국 남자에게 군대는 인생의 새로운 출발점이라고 해도 과언이 아닐 것이다. 나 역시 군 복무를 계기로 내 인생에 대한 진지한 고민을 하게 되었다. 1975년 처음 육군에 입대하였던 때만 해도 나는 세상물정모르는 스물한 살의 풋풋한 시골총각에 다름 아니었다. 졸병 시절에는 고된 훈련에 시달리면서 당장의 하루하루가 지나 제대할 날만을 막연히 기다릴 뿐이었다.

그런데 병장 계급장을 달고 나자 세상을 보는 눈이 달라지기 시작했다. '제대하고 세상에 나가면 무엇을 하며 살아야 할까?' 말하자면 새롭게 펼쳐질 인생에 대해 진지한 고민을 하게 된 것이다. 부모님으로부터 특별히 물려받은 재산이 있는 것도 아니고, 남다른 기술이나 학식을 갖춘 것도 아니었으니 제대 날짜가 다가오면서 미래에 대한 나의 고민도 깊어져 갔다.

내가 복무했던 부대는 임진강 부근의 일명 FEBA(Forward Edge of Battle Area ; 최전선 전투지역)지역의 경계를 담당하는 부대였다. 경계 근무를 나갈 때면 심심찮게 인근 지역 사람들을 만날 수 있었는데, 그즈음 유난히 나의 눈길을 끄는 모습이 있었다. 근무 지역 인근에는 젖소 몇 마리를 키우는 어르신 한 분이 계셨다. 그 전에도 그 분을 몇 번 마주치기는 했지만 크게 관심을 두지 않았는데 제대를 앞두고 내 인생의 앞날을 고민하고 있던 터라 눈길이 가게 된 것이었다. 그러던 어느 날 근무를 마치고 돌아오는 길에 노인 분이 젖소 옆에 앉아 우유를 짜고 있는 걸 발견했다. 직접 손으로 우유를 짜는 모습이 신기하기도 하여 잠시 발길을 멈추고 어르신께 말을 건넸다.

"할아버지. 우유를 짜서 어디에다 팔아요?"

노인은 대답도 없이 묵묵히 젖을 짜는 데만 몰두했다. 내가 재차 물었다.

"우유가 돈이 좀 되나요?"

"이 젖소가 효자여!"

노인은 그제야 나를 바라보면서 입을 열었다. 노인의 말씀은 놀라웠다. 젖소에서 짠 우유를 서울우유 회사에 팔아서 생활비는 물론 고등학생 손주 두 명을 가르치고 있다는 것이었다. 게다가 큰 손주가 곧 대학에 입학하는데 대학등록금도 이미 마련해 두었다는 것이다.

순간 나의 뇌리에 뭔가 반짝 하는 불빛이 보이는 듯했다.

'맞아, 바로 이거야'

당시 우유는 제2의 먹거리, 식량으로 떠오르고 있었다. 각급 학교에서는 급식으로 우유가 공급되고 있었으며 군인들에게도 일주일에 한 번 정도는 우유가 제공되곤 했다. 그뿐만 아니라 우유를 가공하여 생산하는 다양한 유제품들이 개발되던 때였으므로 우유를 생산하는 낙농업에 뛰어든다면 성공할 수 있겠다는 생각이 들었다. 그날 이후 나는 낙농업에 미래를 걸어보겠다고 결심하고 그에 관련한 여러 가지 정보를 모으기 시작했다. 당시만 해도 인터넷과 같은 정보망이 없었던 시절이었으니 시간이 날 때마다 낙농 관련 각종 서적을 찾아보고 주변 동료와 지인들에게 정보를 얻기도 했다.

# 국내 최대의 삼화목장에서 시작한 낙농업의 꿈

**1977년 10월,** 드디어 제대 날짜가 되어 군복 대신 예비군복으로 갈아입고 정든 부대를 나섰다. 이제는 나의 미래를 축산업에 바치기로 결심했으니 머뭇거릴 이유가 없었다. 고향인 공주에 들러 부모님께 인사를 드린 후 나는 곧바로 충남 서산에 위치한 삼화목장으로 향했다. 삼화목장은 1969년 당시 제2의 권력자인 김종필 씨에 의해 만들어진 목장으로 무려 638만 평의 목초지에 3,000여 두의 소를 키우던 국내 최대의 목장이었다. 당시 국가적으로 낙농업 육성의 필요성이 대두되어 충남 서산 상왕산 인근에 거대한 목장을 세운 것이다. 삼화목장은 그 후 '축협 한우 개량사업소 농장'으로 탈바꿈하였고 2000년부터는 '농업협동조합중앙회 한우개량사업소'로 개칭되었으며, 현재는 '농협중앙회 가축개량원'으로 운영 중이다.

나는 무조건 삼화목장을 찾아가 견습생으로 받아달라고 떼를 쓸 작정이었다. 삼화목장은 규모로 보나 시설로 보나 우리나라를 대표하는 목장이므로 낙농업을 배우고 경험하기엔 최고의 조건을 갖추고 있다고 생각했기 때문이다. 하지만 무작정 찾아간다고 일자리가 주어지는 것은 아니지 않는가. 그럼에도 불구하고 나는 군복무를 막 마친 24세의 청년으로서 군인정신과 패기를 앞세워 삼화목장을 찾아갔다.

다행히 삼화목장은 군 출신인 김종필 씨가 세운 목장인지라 관리자들 중에도 군 출신들이 많았다.

"낙농업을 배우고 싶어 찾아왔습니다. 견습생으로 받아주십시오."

거수경례를 붙이며 인사를 드리자 갓 제대한 군인의 패기가 마음에 들었던지 몇 가지 질문을 하더니 견습생으로 채용을 해주셨다. 목장 관리자의 입장에서도 낙농업에 경험은 없지만 젊은이 특유의 패기를 가진 내가 좋게 보였던 모양이었다.

나는 취업 첫날부터 물불을 가리지 않고 적극적으로 일을 했다. 견습생인 나에게 주어진 업무는 주로 소똥을 치우고 지저분한 우사를 치워야 하는 등 궂은 일이 대부분이었지만 어떠한 일이든 마다하지 않았다. 그러다 보니 나는 목장의 젖소들의 숫자와 새끼 낳는 시기 등에 대해 훤히 꿰고 있었다. 서울에서 높은 사람이 오면 불려가 목장의 현황에 대해 군대식으로 보고하곤 하였다.

6개월이 지나자 나는 정규직 사원으로 채용되었다. 그러한 과정에서 누구보다 가축이 섭취하는 사료나 물, 축사 내 온도, 습도, 환기, 채광, 분뇨 처리 등 사양기술을 축적해 나갈 수 있었다.

그렇게 삼화목장에서 3년을 일하고 나니 젖소를 키우고 젖을 짜 원유를 생산하는 일에는 자신감이 생겼다. 젖소를 키울 공간과 자금만 있다면 혼자서도 충분히 해낼 수 있겠다는 생각이 들었다. 나는 뭔가 변화의 계기가 필요하다는 생각을 했다. 삼화목장에서는 업무적으로 인정을 받고 있었으므로 안정적인 생활을 원한다면 그곳에서 월급을 받으며 살아가는 것이 편할 수도 있었다. 하지만 처음부터 나의 꿈은 월급쟁이가 아니라 직접 나의 목장을 창업하고 가꾸어 낙농업을 경영하는 것이 아니었던가.

나는 며칠의 고민 끝에 삼화목장을 퇴사하고 개인이 운영하는 청암목장이라는 작은 규모의 목장으로 자리를 옮겼다. 주변 사람들 대부분은 나를 의아하게 바라보았다. 당시로서는 크고 안정된 직장이라고 할 수 있는 삼화목장을 제 발로 그만두는 것을 이해하지 못했던 것이다. 게다가 규모면에서 비교가 안 되는 작은 목장으로 이직을 하였으니 그럴 만도 했다. 근무 조건이나 급여만을 비교한다면 나의 선택은 분명 잘못된 것이라고 할 수 있다. 그러나 내 마음 속에는 원대한 꿈이 있었다. 나는 삼화목장에서 일하는 3년 동안 처음에 품었던 꿈을 한 번도 잊은 적이 없었다. 그렇기에 누구보다도 최선을 다해 일했고 그 과정에서 낙농업에 대한 많은 경험과 지식을 쌓을 수 있었던 것이다. 그러나 목장을 세우고 경영하기에는 여전히 나에게는 부족한 것이 있었다. 젖소를 키우고 우유를 생산하는 일은 마스터하였지만, 생산한 제품을 어떻게 팔아야 하며 자금의 운용과 관리는 어떻게 하는지에 대해서는 여전히 초보자의 수준을 벗어나지 못하고 있었던 것이다.

삼화목장은 규모가 크다보니 내가 담당하는 업무에 대해서는 체계적으로 배울 수 있지만 목장 경영에 필요한 종합적인 업무능력을 골고루 경험하기에는 한계가 있었다. 내가 삼화목장을 그만두고 상대적으로 소규모인 '청암목장'으로 옮긴 이유도 거기에 있었다. 개인이 운영하는 청암목장은 규모는 작았지만 목장 경영에 대한 전반적인 업무를 종합적으로 익히기에 적합하였다. 나는 그곳에서 목장장으로 일하면서 젖소를 돌보고 우유를 짜는 틈틈이 납품하는 회사와의 거래 관계라든가 회계 업무 등을 맡아서 처리했다. 그렇게 청암목장에서도 약 3년의 기간 동안 최선을 다해 일하며 목장 경영에 대한 업무를 익혀나갔다.

군 제대 후 삼화목장과 청암목장에서 일하며 보낸 약 6년의 시간은 나의 인생 전체에서 중요한 밑거름이 되어준 시기였다. 짧지 않은 삶의 여정을 거치면서 여러 번의 실패 상황에 맞닥뜨리기도 했지만 그때마다 좌절하지 않고 다시 일어설 수 있었던 것은 다름 아닌 젊은 날의 경험 덕분이라고 생각한다.

# 삶의 터전이 되어준 제2의 고향 참샘골 그리고 아내

1983년 나는 드디어 나의 목장을 창업하게 되었다. 여기저기 장소를 알아본 끝에 최종적으로 내가 일하던 곳에서 멀지 않은 충남 서산의 회포마을에 자리를 잡게 되었다. 뒤로는 망일산 자락이 포근히 감싸 안고 앞으로는 대호만 간척지가 펼쳐진 아늑한 마을이었다.

그간 알뜰하게 모은 돈 500만 원으로 젖소 송아지 6마리를 구입하고 조그맣고 아담한 축사를 지은 후 '참샘골목장'이라고 이름을 붙였다. 회포마을에는 오래전부터 마을의 소중한 식수원이 되어준 '참샘물'이라는 우물이 있는데 물이 깨끗하고 몸에도 좋은 약수로 널리 알려져 인근 마을에서도 물을 긷기 위해 사람들이 찾아올 정도였다. 참샘물이 좋다는 소문이 나면서 회포마을은 참샘골이라는 별칭으로 불리기도 하였는데 왠지 정감이 넘치는 '참샘골'이라는 이름이 나의 마음에 와 닿았다. 그래서 농장의 이름을 '참샘골목장'이라고 지었다.

지금도 나는 '참샘골'이라는 이름을 매우 소중하게 생각하고 있다. 회포마을에 자리를 잡은 후 이런저런 사업에서 실패하고 업종을 변경해야 했지만 '참샘골'이라는 이름만은 지금도 소중하게 이어가고 있다. 그렇게 본다면 '참샘골목장'이라는 이름은 현재 '참샘골 호박농원', '참샘골 식품'으로 이어지는 '참샘골' 브랜드의 원조가 되는 셈이다. 그렇기에 서산 회포마을의 참샘골은 나를 따뜻하게 품어준 제2의 고향이자 소중한 삶의 터전이다.

돌이켜 생각해보면 내가 참샘골에 자리 잡은 후 이곳에서 진정한 고향으로 생각하며 지금까지 살아올 수 있었던 데는 아내의 역할이 매우 컸다고 하겠다. 참샘골목장을 시작하고 1년여가 지나 서른 살이 되던 해인 1984년 봄, 나는 아내 이혜란과 결혼식을 올렸다. 결혼 이후 지금까지 아내는 나의 든든한 조언자이자 동업자로 큰 힘이 되어 주었다. 아내가 아니었다면 나는 참샘골을 떠났을지도 모른다. 사업이 어려움을 겪고 마음이 흔들릴 때마다 아내는 참샘골을 지키며 나에게 다시 일어설 수 있는 힘을 주었다. 지금도 아내는 궂은일을 마다하지 않고 묵묵히 내조를 하면서 가정과 우리 참샘골의 든든한 지킴이 역할을 해주고 있다.

지나온 삶의 여정을 생각할 때마다 나는 커다란 행운을 얻은 사람이라는 생각이 든다. 그 중 가장 큰 행운은 참샘골에 자리를 잡은 것이고 또 하나의 행운은 바로 참샘골에서 아내를 만나 가정을 이룬 것이라고 할 수 있다. 지금까지 그랬던 것처럼 회포마을과 참샘골은 나와 나의 가족이 마을 공동체의 주민들과 함께 일하고 함께 나누며 살아갈 터전이 될 것이다.

1989년 아내 이혜란, 아들 정환, 큰딸 미나와 함께 참샘골목장 풀밭에서

# 2장

## 네 번의 실패로
## 배운 교훈

# 1.
## 농촌에 떨어진 핵폭탄

참샘골목장은 짧은 기간 동안 발전의 발전을 거듭했다. 처음 송아지 여섯 마리로 시작한 소규모 목장이 불과 삼년여 만에 어미 젖소 30두까지 늘어났고 하루에 생산되는 원유만 해도 300kg에 달했다. 우리 참샘골 목장은 국내 굴지의 우유회사와 독점 계약을 맺고, 생산되는 우유를 안정적으로 공급할 수 있었다. 때마침 전국적으로 소비자들에게 우유가 완전식품으로 인식이 되면서 우리 목장에서 생산되는 우유는 잠시 머물 틈도 없이 팔려나갔다. 확실한 판매처가 있으니 나와 아내는 새벽부터 늦은 밤까지 목장 일에만 전념을 할 수 있었다. 참샘골 언덕에서 평화롭게 풀을 뜯고 있는 젖소들을 바라볼 때면 나의 가슴은 희망과 보람으로 가득 차오르고 아내와 나는 서로를 바라보며 미래의 꿈을 설계하곤 했다.

그런데 우리가 모르는 사이에 지구촌은 세계화와 시장개방이라는 무역전쟁에 접어들고 있었다. 1990년대 초 우루과이 라운드(UR)

협상이 타결되면서 농산물과 유제품의 수입개방이 결정되었다. 뉴스에서 연일 UR에 대한 소식이 전해졌지만 그때까지만 해도 농축산업에 종사하는 우리에게 직접 타격이 될 줄은 미처 깨닫지 못했다. 순진하게도 농사꾼은 열심히 농사를 지으면 되고, 나와 같이 목장을 운영하는 사람은 성심을 다해 젖소를 돌보면 되는 줄로만 알고 있었던 것이다.

그러나 설마 했던 우려가 현실이 되고 말았다. UR협상에 따른 수입개방은 한마디로 우리 농촌에 핵폭탄이 떨어진 것과 같았다. 외국의 값싼 분유가 거대한 밀물처럼 국내시장으로 밀려들어오자 그동안 우리와 독점 계약을 맺고 거래를 해오던 우유회사에서는 더 이상 납품을 받아주지 않았다. 우리 참샘골 목장이 우유를 독점 공급했던 회사는 M유업이었는데 그동안 납품했던 원유의 대금마저 현금이 아닌 분유로 지급하는 지경에 이르게 되었다.

젖소들이 뛰어 놀던 참샘골의 푸르른 들판은 희망과 미래의 꿈이 아닌 한숨과 좌절의 언덕이 되어버린 것이다. 그즈음은 참샘골 뿐만 아니라 전국의 모든 농촌에서 한숨 소리가 끊이지 않았다. 농민단체에서는 서울 등 대도시로 몰려가 시위를 벌이고 심지어 UR협상이 벌어지는 멕시코까지 건너가 분신을 시도하는 등 격렬한 저항을 하였지만 도도히 흐르는 세계화의 물결을 농민들의 맨주먹만으로 막아낼 수는 없었다.

# 2.

# 우루과이라운드 사태에서 얻은 교훈과 재도전

**값싼 수입품이 밀려드는** 현실에서 더 이상 낙농업을 이어나갈 수는 없게 되었다. 나는 눈물을 머금고 친자식처럼 정성과 사랑으로 돌보았던 젖소들을 처분해야 했다. 전국의 축산 농가들이 거의 폐업해야 하는 지경이니 제값을 받을 수도 없었지만 송아지 때부터 애지중지 길러왔던 젖소들을 처분하자니 마음이 쓰려왔다. 아내도 젖소들을 처분한 다음 자식들을 떠나보낸 듯 며칠 밤을 눈물로 지새우며 슬픔에서 벗어나지 못했다.

UR사태는 분명 정부의 책임이었지만 그렇다고 농민들의 생존권을 지켜주지 못한 국가만을 원망하고 있을 수는 없었다. 나 스스로 뭔가 새로운 돌파구를 마련해야만 했다. 젖소들이 떠난 텅 빈 풀밭을 바라보면서 나는 그동안 내가 어떻게 살아왔던가를 되돌아보았다. 나름 열심히 살아왔는데 왜 이런 일이 생겼을까 한참을 생각하다보니 문득 이런 생각이 들었다.

'나는 분명 열심히 일하며 성실하게 살아왔다. 땅은 거짓말을 하지 않는다. 젖소를 키우는 일도 마찬가지다. 사랑과 정성으로 보살핀 젖소는 반드시 보답을 한다. 그것이 수천 년 동안 변하지 않은 농업인의 믿음인 것이다. 하지만 세상은 변하고 있다. 성실함만으로는 빠르게 변하는 세상의 흐름을 따라갈 수 없다. 열심히 땅을 파면 보상을 받던 시대는 끝났다. 농업인도 이제 세상의 변화를 능동적으로 앞서나갈 수 있는 안목을 가져야 한다.'

그렇게 생각을 바꾸자 마음속에 새로운 희망이 솟아나기 시작했다. 슬픔과 좌절에 빠져있는 아내와 어린 아이들을 위해서라도 희망을 찾아야 했다. 세상이 글로벌화 되는 시점에서 안정되게 농사

토종닭의 육질을 개선하기 위해서 닭을 풀밭에 자연 방사하고 있다

를 짓기 위해서는 수입개방과 관련이 적은 품목을 택해야 할 것 같았다. 다행히도 나에게는 젖소를 키우던 너른 초지가 있었다.

'젖소들이 놀던 풀밭에 이번에는 토종닭을 키워보자!'

1991년 새로운 마음으로 젖소가 떠난 풀밭에 토종닭을 방사해서 키우기 시작하였다. 낙농업의 실패로 좌절에 빠져있던 아내도 다시 자리를 털고 일어나 일을 돕고 나섰다.

# 3.
# 두 번째 실패

**토종닭 방사 사업은** 처음에는 상당히 성공적이었다. 시중에서 유통되는 케이지에서 기른 닭과는 달리 넓은 풀밭에서 풀을 먹고 자유롭게 뛰놀며 자란 닭이라 육질이 뛰어났다. 좋은 사료를 먹고 넓고 좋은 환경에서 자란 닭들은 금방 개체수가 늘어났다. 한창때는 5천 마리에 달할 정도였으니 넓은 풀밭은 '꼬꼬댁' 하는 닭들의 울음소리로 가득 찼다.

문제는 판로였다. 기존에 거래하던 업체가 있는 것도 아니다 보니 토종닭을 팔기 위해서는 직접 뛰어야 했다. 처음에는 살아있는 닭들을 트럭에 싣고 충청 일대의 가든 식당 및 삼계탕 전문 식당을 직접 찾아다니며 팔았다. 우리 닭을 맛본 식당에서는 육질이 좋다며 단골이 되었다. 하지만 농장에서 키우는 닭들을 모두 소화하기에는 한계가 있었다. 고민 끝에 토종닭을 냉동식품으로 개발하기로 마음먹고 설비를 보완하여 브랜드 개발에 착수했다.

닭털 뽑는 기계를 도입하여 위생 시설을 갖추고 마트용 대형 냉동고를 설치하여 유통 보관이 가능하도록 하였다. 브랜드명은 '참샘골 토종닭'으로 하고 본격적인 마케팅에 나섰다. 품질에는 누구보다도 자신이 있었으므로 판로만 확보된다면 다른 어려움은 없을 것 같았다. 우선 농협마트를 비롯하여 대형마트 10군데와 공급 계약을 맺고 오프라인 유통을 시작했다. 시장의 반응은 좋았다.

봄부터 출시한 '참샘골 토종닭'은 여름철로 접어들면서 주문이 크게 늘어났다. 더운 날씨에 체력을 보강하기 위해 사람마다 삼계탕을 찾다보니 닭의 수요도 증가한 것이다. 토종닭을 실은 냉동트럭이 쉬지 않고 거래처를 다녀야 할 정도로 인기가 올라갔다.

그러나 여름철이 지나고 찬바람이 불기 시작하면서 수요가 줄더니 겨울로 접어들면서는 거의 주문이 들어오지 않는 것이었다. 그렇다고 닭의 개체 수가 늘어나는 것을 막을 수도 없으니 냉동 창고에는 재고가 된 토종닭들이 넘쳐나기 시작했다. 한 해를 보내고 다음 해가 되었지만 이번에도 여름철을 제외하고는 수요가 늘지 않았다.

야심차게 시작한 '참샘골 토종닭' 사업이었지만 이번에도 결과는 참담했다. 유통만 원활하게 이루어진다면 성공할 수 있었을 텐데, 우리 같은 영세기업의 능력으로는 대기업과의 경쟁에서 유통망의 한계를 넘지 못한 것이다. 결국 사업을 시작한지 2년 만에 토종닭 사업을 접을 수밖에 없었다.

# 세 번째 실패

1992년 '참샘골 토종닭' 사업에 실패한 후 세 번째로 도전에 나선 것이 왕우렁이 양식 사업이었다. 당시 왕우렁이가 건강식품으로 관심을 받기 시작하던 때였다. 그리고 개인적으로는 두 번의 실패로 사업자금이 부족한 상황에서 비교적 적은 비용으로 시작할 수 있는 사업을 찾던 중 왕우렁이 양식이 적합하다는 것을 알게 되었다. 우선 왕우렁이 양식을 위한 설비로 FRP 플라스틱 수조 200평을 구축하고 왕우렁이 종패를 분양받아 양식을 시작했다.

왕우렁이는 알을 낳아서 번식을 하는데 번식의 속도가 엄청나게 빠르고 알의 부화가 기하급수적으로 이루어지기 때문에 필요한 물량을 확보하는 데는 문제가 없었다. 또한 왕우렁이는 외부적인 환경 변화에도 잘 살아남는 강한 생존력을 가지고 있어서 성심껏 먹이를 주고 온도와 습도를 유지해 주는 것만으로도 잘 성장하고 번식하였다.

왕우렁이는 잡식성이고 알로 번식하기 때문에 생산성이 뛰어나다

　토종닭의 유통에서 실패한 경험을 살려 처음부터 '된장찌개용 우렁살'을 개발하여 소포장 냉동유통을 시작하였다. 토종닭과는 달리 부피가 크지 않으므로 보관하는데도 비교적 용이하였다. 그러나 이번에도 유통에서 한계에 봉착하였다. 토종닭이 여름에는 수요가 많고 겨울에 수요가 급감했던 것과는 반대로 왕우렁이는 겨울철에는 기대 이상으로 주문이 밀려들었으나 따뜻한 봄이 되면서 주문이 급감하고 재고가 쌓여갔다. 결국 왕우렁이 양식 사업도 1년여 만에 접을 수밖에 없었다.

　최근 차를 몰고 전국을 다니다 보면 곳곳에서 우렁쌈밥집을 발견하곤 한다. 만일 지금처럼 우렁쌈밥 식당이 당시에도 인기가 있었다면 왕우렁 사업도 성공했을 것이다. 모든 사업에는 적절한 때가 있나 보다. 상품의 품질이 아무리 좋아도 시장에서 요구하는 수요가 뒷받침이 되지 못한다면 성공할 수 없는 것이다. 토종닭 양식과 왕우렁 양식의 실패는 시장의 수요와 유통망의 중요성을 더욱 뼈저리게 인식하게 해주었다.

# 5.

# 헤어날 수 없이 깊은 실패의 나락

**세 번의 실패를** 경험한 후 어느덧 불혹의 나이가 되었음을 실감할 수 있었다. 군대를 제대하고 패기와 열정으로 세상에 나섰던 때를 돌이켜보니 새삼 회한이 느껴졌다. '인생의 모험을 걸기에는 이제는 늦어버린 것이 아닐까' 하는 허무한 생각도 뇌리를 스쳤다. 하지만 그대로 앉아 운명을 받아들일 수만은 없었다. 나는 앞선 실패를 되짚어보며 무엇을 해야 할지를 고민하였다. 토종닭과 왕우렁 양식 사업이 실패한 가장 큰 이유는 유통이 원활하지 못했기 때문이었다. 그러므로 새로운 일을 시작하려면 그에 대한 대책 마련이 우선되어야 했다.

1993년 세 번의 실패를 딛고 네 번째 도전을 준비하기로 했다. 이번에는 마을 주민들과 함께 느타리버섯 작목반을 구성하여 버섯 재배에 나섰다. 무작정 시작하면 실패의 위험이 높다는 것을 여러 번 경험했기에 면밀한 준비를 해 나갔다. 우선 내가 작목반장을 맡아

반원들과 함께 안성농협교육원에서 실시하는 4박5일 교육프로그램에 참여하여 느타리버섯 재배와 유통에 대한 전문교육을 받았다. 이번에 실패하면 끝장이라는 생각에 교육 내용 하나하나에 집중하고 작은 것이라도 철저하게 점검하며 준비해 나갔다. 버섯 재배 선진농가를 견학하고 유통경로를 알아보기 위해 가락동 도매시장을 방문하여 느타리버섯 경매 상황을 직접 체험하기도 하였다.

느타리버섯 배지는 마을 논에서 나오는 볏짚 부산물을 사용했다. 볏짚 묶는 기계를 도입하여 볏짚을 나무토막처럼 단단하게 묶어서 물을 담아놓은 저수조에 담갔다가 버섯 재배사 균상에 넣고 충분히 스팀 살균을 한 후 거기에 느타리버섯 종균을 접종하였다. 느타리버섯은 온도와 습도에 특히 민감하기 때문에 실내온도를 13도로 맞

살균된 볏짚배지 위에 종균접종 2주 후 느타리버섯이 빼곡히 올라오고 있다

추고 습도는 90%를 유지하였다. 또 자동시스템을 도입하여 자동타이머로 환기를 시킬 수 있도록 설비를 갖추었다.

종균을 접종한지 약 2주 후에 버섯들이 균상에서 빼곡히 올라왔다. 이번에도 생산에는 대성공이었다. 작목반에 참여한 분들 모두 농사에는 경험이 많은 베테랑 농부들이어서 균상을 관리하고 버섯을 키워내는 데에는 아무런 어려움이 없었다. 특히 느타리버섯 재배는 생육기간이 짧아 1년에 총 3회를 연속으로 재배할 수 있어서 다른 작물에 비해 효율이 높았다. 재배의 시기에 따라 '봄버섯', '여름버섯', '겨울버섯'으로 구분하는데, 각 시기마다 고유의 맛과 향이 독특하여 시장에서 수요도 꾸준하게 이어졌다. 버섯 재배에 연속 성공함으로써 그동안의 사업 실패로 인한 부진을 어느 정도는 만회할 수 있었다. 이번에는 정말 성공의 길로 접어든 듯하였다. 그동안 여러 번의 실패로 늘어났던 대출금을 조금씩 갚아가며 희망에 부풀어 있었다.

그런데 어느 날 아침이었다. 평소와 다름없이 버섯 재배사의 문을 열고 들어갔다. 그런데 아뿔싸 재배사 안에는 끔찍한 일이 벌어져 있었다. 정성껏 키웠던 버섯들이 누런 눈물을 흘리며 죽어가고 있는 것이 아닌가. 연락을 받은 작목반원 모두가 한자리에 모였지만 원인을 알 길이 없었다. 여기저기 연락을 해보아도 뾰족한 대답을 해주는 곳이 없었다. 발을 동동 구르며 며칠을 보낸 후 선진농가와 농촌진흥청을 통해 알아보니 연작 피해라고 했다. 즉 농촌의 전반적인 환경오염과 연속되는 버섯 재배로 균상의 비옥도가 나빠져 느타리버섯의 균사가 견디지 못하는 현상이 전국적으로 벌어지고 있다는 것이다.

90년대 중반이었던 당시 버섯이 고소득 작물로 알려지면서 전국적으로 버섯 재배를 하는 농가가 2만을 넘을 정도로 늘어났는데, 이미 여러 농가에서 연작 피해를 겪고 있다는 사실도 알게 되었다. 연작 피해가 늘어나면서 전국의 많은 농가들이 느타리버섯 재배를 포기하는 현상이 줄을 이었다.

농촌진흥청에 문의한 결과 연작 피해를 예방하려면 첨단 무균 재배사 시설을 갖추어야만 한다는 답변이 돌아왔다. 알아보니 첨단 무균 재배사 시설을 갖추기 위해서는 5억 원 이상의 어마어마한 돈이 있어야 한다는 것이다. 연속된 실패를 딛고 간신히 일어서려는 마당에 그만한 큰 자금을 마련할 여력이 있을 리 없었다.

절망이었다. 마지막이라는 각오로 시작한 일이었다. 그런데 결과는 너무나 참혹했다. 나뿐만이 아니라 작목반에 함께 참여한 마을 사람들도 절망에서 벗어나지 못했다. 지금도 비슷하지만 당시에는 전국적으로 농가 부채가 심각한 문제가 되어 있었다. 농가 부채를 감당하지 못해서 목숨을 끊은 사람들의 뉴스가 새로울 것이 없을 만큼 전국의 농가들은 너나 할 것 없이 피폐해져 가는 상황이었다.

나 역시 예외일 수 없었다. 세 번째 실패까지는 비싼 수업료를 치르고 경험을 쌓았다고 스스로 위로했지만 이번 네 번째의 실패는 더 이상 견뎌낼 재간이 없었다. 사업을 위해 대출받은 원금도 다 갚기 전에 이러한 시련이 닥치게 되니 천성적으로 긍정적인 성격을 가진 나로서도 희망의 빛이 보이지 않았다. 연속되는 실패를 거듭하는 동안 흰머리가 생기고 어느새 나이는 40대 중반으로 접어들고 있었다.

# 6.
## 절망의 끝에 지푸라기를 잡는 심정으로

**이제 나에게** 의지할 수 있는 것은 하나도 남지 않았다. 남은 것이라곤 아직 상환날짜가 남은 대출 원금과 실패의 흔적만 남기고 흉물스럽게 언덕 위를 지키고 있는 버섯 재배사뿐이었다. 실패의 여파는 몇 달 동안 계속되었다. 사람을 만날 의욕도 생기지 않았다. 집에 틀어박혀 빈둥거리는 것밖에 아무것도 할 일이 없었다.

'젊음을 바쳐 열심히 일했건만 남은 것은 빚뿐이라니……' 눈만 뜨면 한숨이 저절로 새어나왔다.

그나마 천만다행인 것은 아내와 아이들이 아프지 않고 건강하다는 것이었다. 가족을 책임져야 하는 가장으로서 그대로 앉아만 있을 수는 없었다. 그러나 참샘골에서 더 이상의 희망을 찾을 수는 없을 것 같았다. 나는 아내와 상의 끝에 정든 참샘골을 떠나 서울로 가서 일자리를 알아보기로 했다. 그때가 1995년 여름이었다.

정신을 차리고 재배사를 둘러보니 버섯들 대부분이 죽고 맨 아래

45

쪽 균상에 아직 살아남은 것들이 조금 있었다. 그것들을 챙겨 담으니 20박스 정도의 물량이 되었다. 나는 마지막 남은 버섯을 팔기 위해 버섯 상자를 차에 싣고 서울 가락동 시장으로 향했다. 사실 그날 서울로 향한 것은 버섯을 팔기 위한 목적보다는 가락동 시장에 가면 일자리를 얻을 수 있지 않을까 하는 막연한 생각 때문이었다.

서울로 향하며 정든 참샘골을 떠나야 한다는 생각을 하니 마음이 먹먹해지며 그동안 겪었던 일에 대한 회한이 밀려왔다. 참샘골은 나의 젊음을 다 바쳐 일했던 고향 같은 곳이다. 하지만 이제 서울에서 일자리를 얻으려면 그곳을 떠나는 방법밖에 없으니 어쩔 수 없는 일이었다. 버섯을 실은 트럭을 몰고 서울로 이어지는 도로를 달리는 동안 나의 심정은 착잡하기만 했다. 농장에서 일하는 것 말고는 특별한 기술이 있는 것도 아니니 서울로 가서 일자리를 얻는 것은 쉽지 않을 것이다. 어렵게 일자리를 얻는다 해도 시장의 상하차 일이나 건설현장 막일꾼 같은 흔히 말하는 3D업종일 것이다. 안정된 일자리가 없이 가족을 잘 부양할 수 있을지 걱정이었다. 생각이 거기에 이르자 마음은 더욱 무거워지기만 했다.

# 호박에서 황금을 보다

**가락시장에** 도착하여 싣고 온 버섯을 도매로 넘긴 후 나는 시장 여기저기를 돌아보았다. 한여름이다 보니 야채와 과일 등 전국에서 올라온 수많은 농산물들이 각각의 색깔을 뽐내며 손님들을 기다리고 있었다. 상인들과 손님들로 북적이는 시장에는 활기가 넘쳐흐르는 것 같았다. 그러한 모습을 보니 나 자신이 더욱 처량하게 느껴졌다. 다들 활기에 넘치는 모습인데 나는 실패자가 되어 어디 일거리가 없는지 찾고 있으니 그러한 생각이 드는 것도 당연했다.

'이곳에서 내가 할 수 있는 일이 무엇일까?' 혼잣말을 하며 가락시장을 한 바퀴 돌아 나올 때였다. 채소 상점이 몰려있는 한 귀퉁이에서 늙은호박을 팔고 있는 모습이 눈에 들어왔다. '한여름에 웬 호박일까? 누런 황금덩이 호박일세!' 나는 호기심이 생겨 호박을 팔고 있는 상인에게 다가가 가격을 물어보았다. 그 상인의 대답은 놀라웠다. 늙은호박 1개가 작은 것은 1만 원, 큰 것은 2만 원이라는 것이다. 그 말을 들은 나는 벌어진 입을 다물지 못했다. 흔해 빠진 호박이 그렇게 비싸게 거래가 될 줄은 미처 생각지 못했던 것이다. 가을철이면 밭에 널린 게 호박이라 아무리 큰 호박이라도 기껏해야 1천 원~3천 원에 거래되는 것이 보통이었으니 놀랄 만도 했다. 그 상인의 말에 따르면 호박은 원래 수확기인 가을에는 헐값이지만 해를 넘기고 봄, 여름을 지나면 대부분 썩어버려 물량이 적어지기 때문에 가격이 천정부지로 오른다는 것이다. 호박 장수가 지나가는 말로 툭 던진다.

"누가 호박 저장 기술만 개발하면 그 사람은 떼돈 벌 텐데…."

순간 나의 머릿속은 번개가 치는 것처럼 번쩍 빛을 발했다. 그리고 어린 시절의 기억이 파노라마처럼 떠올랐다. 어릴 적 고향 큰아버지 댁 머슴이 잠자던 사랑방 시렁에는 늘 늙은호박이 놓여 있었다. 할머니는 가을에 수확한 늙은호박을 사랑방 시렁에 보관해 두었다가 겨울과 봄에 손주들을 위해서 하나씩 꺼내 별미로 호박범벅과 호박죽을 만들어 주시곤 했었다.

"바로 이거야!"

나는 속으로 쾌재를 불렀다. 나도 모르게 휘파람을 불면서 곧바로 차를 몰고 다시 회포마을 참샘골로 향했다. 서울로 올라갈 때만 해도 무거웠던 마음이 이번엔 꿈에 부풀어 날아갈 듯이 가벼워지는 것 같았다. 운전을 하며 국도를 달리는 동안 내 머릿속에는 호박을 이용한 사업 구상이 샘솟아 올랐다. 어릴 적 할머니께서 호박을 보관

하시던 방식을 적용하면 썩기 쉬운 호박이라도 충분히 저장이 가능하겠다는 생각이었다.

절망의 끝에서 우연히 마주친 호박, 그것은 나의 삶을 근본적으로 뒤바꾼 운명의 만남이었다.

# 3장

## 호박은 둥글다

# 1.

## 인생의 전환점, 황금덩이 호박과의 만남

**그것은 말 그대로 황금덩이였다.** 늙은호박은 껍질부터 진노랑과 붉은 빛이 감도는 황동색일 뿐만 아니라 속살도 황금빛이며, 그 속에는 금화를 닮은 호박씨도 가득 들어있다. 흥부에게 온갖 보화를 가져다주었다는 박도 늙은호박이 아니었을까? 또 호박씨를 심어 꽃이 피면 그 또한 황금색이다. 못생긴 사람을 비유하여 호박꽃이라고 하지만 내게는 호박꽃처럼 아름다운 꽃도 없다.

나는 4전 5기, 다섯 번째 도전으로 '늙은호박 상온 저장법 개발'에 착수하였다. 나는 느타리버섯 연작 피해로 못 쓰게 된 재배사의 다단식 균상선반이 바로 사랑방 시렁 역할을 할 수 있다고 생각했다. 호박은 냉장이나 저온 보관이 아닌 상온에 저장해야 하기 때문이다.

나는 재기할 수 있다는 희망에 부풀어 휘파람이라도 불고 싶었지만 주변 사람들의 반대는 만만치 않았다. 그동안 업종을 바꾸어 4번이나 실패하고도 다시 호박을 재배하여 저장 방법을 개발하겠다고 하니 우선 아내부터 제발 좀 그만두라며 사정을 하며 말렸다. 집집마다 심어 흔해빠진 호박으로 무슨 사업이 되겠냐며 주변 농민들도 바라보는 회의적인 시선으로 바라보았다. 심지어 농업기술센터 소장님도 우리 농장을 방문하면서까지 버섯 재배나 다시 연구해 보라며 만류했다. 하지만 한번 마음먹은 나의 결심은 그 누구도 말릴 수가 없었다.

호박은 버려진 공한지나 유휴지 등 척박한 땅에서도 재배가 쉬운 작물로서 예로부터 우리나라 사람에게 친근한 식품이다. 나는 먼저 늙은호박 품종으로 맷돌호박을 선택하고 본격적인 호박재배를 시작했다. 청둥호박이라고도 하는 맷돌호박은 과육이 두꺼우며 일반호박보다 맛이 좋다. 또한 맷돌처럼 둥글납작한 형태에 진황색의 표면에 골이 져 있는 모양은 형태도 좋아 상품 가치가 높을 것 같았다.

처음에는 옛날 방법대로 구덩이를 파고 호박을 심었다. 그러나 호박 농사도 생각처럼 쉽지만은 않았다. 집 근처 모퉁이에 한두 포기 심은 것은 넝쿨도 잘 뻗고 생육이 좋았지만 넓은 밭에 많은 양을 심으니 호박꽃이 호박잎과 풀에 덮여 벌들에 의한 자연 수정이 잘 되지 않아 낙과가 발생하고 생산량과 품질이 현저하게 떨어졌다.

그 당시 농촌진흥청에 문의도 해보고 여러 가지 농업서적을 뒤져봐도 늙은호박 전문 재배 방법은 없었다. 나는 혼자 고민하고 많은

맷돌호박 넝쿨이 왕성하게 쭉쭉 뻗어가고 있다. 하룻밤 자고나면 한 뼘씩 뻗는다

연구를 한 끝에 '늙은호박 흑색비닐 멀칭재배법'을 전국 최초로 도
입하여 호박을 재배하기 시작했다. 멀칭재배를 하게 되면 한여름의
뜨거운 날씨와 가뭄에도 수분의 증발을 막을 수 있고, 잡초의 증식
도 방지할 수 있어 일석이조의 효과를 거둘 수 있다.

　호박의 생육을 돕기 위해 먼저 밭을 한 이랑씩 두둑을 만들었다.
그러면 호박넝쿨이 얽혀 꽃에 수정이 안 되는 일은 발생하지 않을
것이라고 생각했다. 그리고 친환경농법을 도입하여 화학비료를 쓰

지 않고, 호박씨를 육묘포트에 파종하기 전에 키토산 300배 액에 50~60분간 담가주었다. 그리고 본밭에 정식 작업을 하기 전에도 호박밭 전면에 유기질퇴비와 키토산을 살포하고 트랙터로 경운작업을 하였다.

키토산은 대게 등 갑각류의 껍질을 가공하여 만든 비료로 키틴이라는 효소가 분해되면서 키토산으로 바뀌는데, 이것이 다시 키토올리고당으로 바뀌면서 생명체들이 양분을 잘 흡수하도록 도와준다. 이런 방법은 친환경농법을 추구하는 나의 의도에 적합하였다. 경운작업 후에는 폭 1미터 80센티 두둑 위에 폭 2미터 10센티의 흑색비닐을 멀칭하여 수분 증발과 잡초 발생을 억제하였다.

이런 노력으로 화학비료나 농약을 쓰지 않고도 품질이 좋은 호박을 대량으로 생산할 수 있게 되었다. 그 덕에 2000년부터 친환경 농산물 품질인증을 획득하여 오늘날 호박 가공제품 생산 단계에 이르기까지 안전한 친환경 농산물을 공급하고 있다.

품질이 뛰어난 호박을 대량으로 생산했지만 호박을 좋은 값에 판매하기 위해서는 저장이 문제였다. 늙은호박을 가을에 수확하여 바로 출하시키게 되면 전국에서 일시에 호박이 많이 나오다보니 가격은 형편없을 수밖에 없었다. 그러나 가을에 수확한 호박을 봄이나 여름까지 보관할 수 있는 저장 기술만 갖고 있다면 부가가치는 몇 배가 될 것이다. 이렇게 해서 나는 늙은호박을 수확한 후 저장했다가 다음 년도에 팔 수 있는 방법을 계속해서 연구해 나갔다.

다행히 나에게는 버섯 재배 때 사용하던 재배사와 균상선반이 있었다. 나는 보다 많은 호박을 저장할 수 있도록 버섯 재배사 균상선반을 리모델링한 뒤 '호박 상온 장기저장법' 연구에 돌입하였다. 호

맷돌호박은 애호박이 열리고 나서 60일이 지나야 완숙이 되어 수확을 한다

수확한 호박을 차량 바닥에다 보온재를 깐 후
충격이 가지 않도록 싣고 조심해서 운반한다

박 농사를 시작하여 처음 1년차에는 균상선반에 통기가 되는 보온재를 깔아 호박에 충격을 주지 않도록 하고, 호박과 호박 사이는 공기가 잘 통하도록 적당한 간격을 두어가며 2단으로 쌓았다. 그리고 추운 겨울에도 얼지 않도록 온도를 조절해 가며 환기를 시켜주었다. 매일 호박 저장실을 들여다보며 부디 봄까지 만이라도 남아있어 주기를 간절히 바랐다.

그러나 약 2천 개의 호박이 봄까지는커녕 한겨울에 단 한 개도 남지 않고 모두 썩어버리고 말았다. 무엇이 문제였을까? 나름 통풍과 온도에 신경을 쓰고 매일 저장실의 상태를 점검했지만 결과는 참패였다. 서늘한 환경을 유지해 주면 싱싱하게 저장이 될 줄 알고 실내 온도를 5~6도로 유지한 것이 실패의 원인인 듯하였다. 호박에 적정한 온도와 습도를 제대로 파악하지 못한 탓이다.

4번의 사업 실패를 딛고 호박 재배를 시작하였는데 이것마저 실패한다면 나에게 더 이상의 앞날은 없을 것 같았다. 이제는 호박에 나의 마지막 힘을 쏟는 방법밖에는 없다.

다시 1년을 기다려 2년차에는 약 3천 개의 호박을 생산하였다.

온도와 습도, 환기 등 관리시스템을 자동화하여 더욱 철저하게 관리하였다. 호박은 서늘한 곳보다는 상온에 보관해야 썩지 않는다는 사실도 알게 되었다. 매일매일 하루에 한 번씩 저장실에 들어가 썩는 호박이 없나 플래시로 호박 하나하나를 살피며 아래 위 선반에 놓인 호박을 어루만져 주었다.

"호박아, 호박아! 이번에는 제발 썩지 말거라!"

마음을 졸이며 호박을 향해 빌고 또 빌었다. 겨울을 지나 봄이 되었다. 호박들도 주인의 정성에 감동하였는지 다행히 50% 정도는 썩지 않고 버텨주었다. 절반 정도 성공이 보이기 시작한 것이다. 나는 호박 장기저장 실험 과정을 꼼꼼히 기록해가며 저장에 적합한 환경을 찾아나갔다.

그렇게 계속해서 5년 동안 여러 차례의 시행착오를 거치면서 온도와 습도, 환기 등 3가지 조건을 완벽하게 갖춰야만 호박을 오래 저장할 수 있다는 것을 알게 되었다. 호박은 온도 12~14℃, 습도 65~70%, 에틸렌가스 농도 0.02ppm 이하의 환경이 마련됐을 때, 80%까지 장기간 저장이 가능하다는 실험 연구 결과물을 얻어낸 것이다. 저장실의 온도를 적정하게 유지해 주어야 할 뿐 아니라 밖의 공기를 유입하여 호박에서 발생되는 에틸렌가스 농도를 낮추어 주는 것이 관건이었다. 썩은 호박은 발견하는 즉시 제거해야 함은 물론이다. 썩은 호박에서 에틸렌가스가 많이 발생하기 때문이다.

1999년도에 국내 최초로 도입한 나의 '늙은호박 상온 장기 저장 기술' 개발 성공이 언론과 방송 등을 통해 알려지면서 전국에서 많은 사람들이 '참샘골호박농원'으로 몰려왔다. 이로 인해 2000년도에 신지식인에 선정되었고, 2001년도에는 단국대학교 최고 농업경영자 과정 졸업 때 '호박 상온 저장 기술'에 관한 연구논문을 발표하여 우수상을 수상하기도 하였다.

호박 상온저장실, 5층 선반에 2개씩 크기별로 쌓는다

## 2.
# 정보화시대의 흐름을 타고
# 인터넷 직거래를 시작하다

**당시 가을철 호박** 한 개 가격이 1,000~2,000원 정도였다면 저장하여 봄에 시장에 내놓았을 때는 1만 원에서 2만 원까지는 받을 수 있어야 했다. 상품이 확실하고 봄에 구하기 어려운 호박이라는 희소성까지 갖추면 좋은 가격을 받고 팔 수 있을 것으로 생각하고 시작한 호박 농사였다. 그러나 도매상인들끼리 담합을 해서 내가 생각한 것만큼 가격을 쳐주지 않았다. 경매가격은 내가 예상했던 가격의 반 토막이었지만 막상 소비자들에게는 훨씬 비싼 값에 팔리는 광경을 목격하기도 했다. 그동안 여러 작물을 재배하면서 생산에는 성공했으나 판로 확보와 유통 실패로 거듭 쓴잔을 마신 뒤라 나는 어떤 해결 방법이 없을까 깊은 고민을 할 수밖에 없었다.

지금도 마찬가지지만 농가에서 생산한 값싼 농산물이 몇 차례의 유통 단계를 거치는 동안 그 가격이 몇 배로 뛰어버리는 것이다. 소비자는 비싼 가격을 치르고 농산물을 구입하지만 정작 생산자인 농민은 씨앗 값과 비료 값 등 경작 비용도 건지기 어려울 정도로 복잡한 유통 과정에서 부가되는 비용이 너무 많았다.

나는 중간 유통마진을 줄일 수 있는 방안을 모색하던 끝에 인터넷을 활용한 전자상거래로 눈을 돌렸다. 때맞춰 1998년 IMF를 넘기고 새로 들어선 김대중 정부는 '정보화 시대'를 선포하였다. 앞으로는 정보화가 관건이며 농산물도 온라인 판매가 가능한 시대가 온다는 것이다. IMF 때도 대기업처럼 온라인, 정보화 시대를 대비한 기업은 살아남았다.

정보화 시대 선포와 맞물려 서산시 농업기술센터에서는 처음으로 농민들을 대상으로 한 컴퓨터 교육 프로그램을 개설하였다. 소위 컴맹에 가까웠던 나는 컴퓨터 기초교육 과정에 등록하여 한 번도 빠지지 않을 정도로 컴퓨터에 재미를 붙이며 공부를 하였다. 당시 열정적으로 가르쳐 주시던 김미영 선생님의 얼굴이 떠오른다. 김미영 선생님은 내가 정보화의 첫걸음을 내딛고 오늘날의 '참샘골' 브랜드를 만들 수 있도록 도와주신 선생님이라 지금도 컴퓨터 앞에 앉기만 하면 그때 선생님과 더불어 공부하던 교실이 생각이 나곤 한다.

나는 집에 돌아와서도 틈틈이 중학생인 아들의 도움을 받아가며 컴퓨터를 익숙하게 다루기 위해 열심히 공부했다. 한번은 컴퓨터로 작업을 하다가 농장으로 나가려고 컴퓨터를 끈다는 것이 전기 코드를 확 잡아 빼는 바람에 아들에게 핀잔을 듣기도 했다.

"아빠, 컴퓨터 고장 내려고 그러세요?"

그렇게 컴맹이었던 나는 초보 단계를 벗어나 지금은 컴퓨터뿐만 아니라 모바일을 이용한 판매에도 누구 못지않은 전문가가 되었다.

어느 정도 컴퓨터 활용에 자신감을 얻은 나는 '참샘골'이라는 브

2000년 1월에 오픈한 '참샘골호박농원' 최초 홈페이지 메인 화면

랜드 상표를 특허청에 등록하고, 1999년 농촌진흥청에서 무료로 구축해주는 농업인 홈페이지를 첫 번째로 신청하였다. 농촌진흥청에서는 온라인을 통해 호박을 판매하겠다는 나의 계획을 듣더니 호박은 무겁기 때문에 소비자들이 온라인시스템을 통한 구입을 선호하겠다며 흔쾌히 홈페이지를 구축해 주었다. 농촌진흥청 주관 '농업인 1호' 홈페이지였다. 지금도 사용하고 있는 우리 회사의 도메인 www.camsemgol.com 은 바로 그때 구축한 것이다.

그러나 그때 농촌에는 광케이블이 들어오지 않아 우체국에 가서 전화선을 연결해 줄 것을 요청해야 했다. 그런데 주변에 컴퓨터를 이용하는 농가가 없어 우리집만을 위해 연결하기는 곤란하다고 한다. 나는 정부에서 지원하는 사업인데 왜 해줄 수 없느냐고 항의를 하듯 사정하여 드디어 케이블이 연결되었다. 그런데 그 시절에는 인터넷환경이 원활하지 못하여 전화선을 이용한 온라인은 자주 끊기기도 하고 워낙 속도가 느려 컴퓨터에 접속하면 5~10분이 지나서 연결되는 경우도 있었다. 어쨌든 2000년 1월, 홈페이지가 열리자 나는 정보화 교육에서 배운 대로 야후, 심마니 등 각종 포털사이트에 호박 판매를 등록한 후 고객들을 기다렸다. 온라인 공간에 나만의 가게를 창업한 것이다.

그때만 해도 컴퓨터가 보급된 지 얼마 되지 않아 소비자들도 집에 컴퓨터를 갖고 있는 이들이 많지 않던 시절이었다. 인터넷 시장 또한 초창기라서 1년이 지나도록 호박 판매를 문의하거나 주문하는 고객이 한 명도 없었다. '아직은 온라인 판매가 시기상조인가?' 의문도 들었지만 나는 실망하지 않고, 지역의 마트나 시장에 호박을 내다 파는 틈틈이 홈페이지를 관리하며 매일 호박일기를 쓰기 시작하였다.

'호박을 심었습니다. 금화 같은 이 씨앗이 발아해서 황금덩이가 열렸으면 좋겠습니다.'
'오늘은 호박꽃이 피었습니다. 얼마 안 있어 호박이 열리겠네요.'

고객들은 아무런 반응도 없었지만 나는 앞으로 세계는 인터넷을 이용한 거래가 활성화될 것이라는 확신이 있었다.

봄, 여름, 가을이 지나 고객이 들어오리라는 기대도 희미해 질 무렵, 2000년 12월 크리스마스 일주일 전 새벽 1시에 첫 주문이 들어왔다. 내가 잠을 자고 있던 시간에 고객 한 분이 호박 1덩이를 장바구니에 담고 주문을 한 것이다. 우리 가족은 호박 한 덩이 주문에 감격하여 서로 얼싸안고 기쁨의 눈물을 흘렸다. 온라인 거래에 대한 나의 확신이 이루어지는 듯해 나도 모르게 불끈 주먹을 쥐며 외쳤다.

"앞으로 10년은 대박이다."

첫 번째 주문을 시작으로 가면 갈수록 주문이 늘어나기 시작했고, 2000년대 중반을 기점으로 컴퓨터 환경이 좋아지면서 매출은 급성장을 이루었다. 밀려드는 주문에 홈페이지도 쇼핑몰로 전환하였다. 이후 호박 판매는 순풍에 돛을 단 듯 순조로웠다.

여기에 힘을 보태준 것이 바로 언론이었다. 마침 불어 닥친 웰빙 바람과도 맞아 떨어지면서 언론의 접근이 잦아졌다. 호박이 건강에 좋다는 소문이 나면서 여기저기 언론 쪽에서 호박에 관심을 두기 시작한 것이다. 당시만 해도 인터넷 검색창에 '호박'을 입력하면 유일하게 나오는 곳이 www.camsemgol.com 〈참샘골호박농원〉이었다.

우리 참샘골호박농장이 최초로 언론에 보도된 것은 2001년 월간 「여성동아」를 통해서였다. 장옥경 작가가 호박 농장을 찾기 위해 인터넷 검색창에 '호박'을 치니까 전국에서 참샘골호박농원 한 곳만 뜨더라는 것이다. 우리 농장에 전화를 건 장옥경 작가는 인기 개그맨 장미화 씨와 언니 성숙 씨 가족을 체험단으로 대동하여 호박농장 취재를 오겠다고 했다.

며칠 후 장미화 씨 가족과 취재진이 우리 호박농장을 방문했다. 호박에 대해 설명해달라는 요청을 받고 인터뷰를 하게 되었다. 태어나서 처음으로 언론과 인터뷰를 하게 되니 좋으면서도 흥분되고 막 떨렸다. 쥐어주는 마이크를 붙잡고 내가 무슨 말을 하는지 정신이 없는 와중에도 호박에 대한 예찬을 한참 늘어놓았던 것 같다.

"호박은 세계 10대 건강식품에 선정될 정도로 그 효능이 뛰어납니다. 베타카로틴 성분이 다량 함유되어 있어 항산화 작용을 하여 암 발생도 예방해 줍니다."

장미화 씨 일행은 우리 가족과 함께 호박을 수확하고 호박잎도 따며 즐거워했다.

"엄마가 호박 채 썰어 깻잎 뜯어 넣고 부쳐주시던 호박 부침개가 생각나네."

"입맛 없을 때 호박잎을 쪄서 쌈 싸먹으면 정말 맛있었지."

장미화 씨 자매는 어릴 적 고향에서 먹던 호박전이 먹고 싶다며 직접 따온 호박을 잘라 호박 부침개도 만들고 호박잎도 쪄서 함께 점심을 먹었다. 함께 온 아이들은 호박에 그림도 그리고, 자른 호박 속에 손을 넣어 몽글몽글한 호박씨의 감촉을 느끼며 신기해하였다.

기자들은 이런 장면들을 촬영해서 「여성동아」 2001년 9월호에 실었다. 3페이지부터 6면에 걸쳐 대형 컬러사진으로 우리 참샘골호박농원이 소개된 것이다. 11월호 「여성동아」가 전국 서점에서 판매되기 시작하면서 호박을 사려는 소비자들에게서 걸려온 전화로 농장 전화가 불통될 지경이었다. 참샘골 홈페이지를 통한 인터넷 주문도 폭주했음은 물론이다. 언론에 소개되면 홍보가 되리라는 생각은 했지만 기대 이상의 효과였다.

이때부터 한번 언론 바람을 탄 참샘골 호박은 신문, 책자, TV방송으로 이어져 현재까지 신문 · 책자 70회, TV와 라디오 방영 60회를 기록하고 있다. 그리고 이렇게 언론의 영향으로 〈참샘골호박농원〉에는 호박을 사려는 고객들의 문의가 쇄도했고, 이는 고스란히 인터넷 홈페이지를 통한 판매로도 이어졌다. 인터넷 '참샘골 쇼핑몰'에 회원으로 가입하여 상품을 구매하는 고객이 전년 대비 해마다 30%씩 증가하였다.

그동안 오프라인 시장 유통에서 경험했던 여러 번의 실패가 남들보다 정보화 농업에 일찍 눈뜨게 했고, 그 선도자 역할을 하게 한

인기 개그맨 장미화 씨와 함께

단국대학교 농업최고경영자과정 유통반 수료식 날 가족과 함께

지렛대가 되었던 것이다. 2001년도 남들은 공주대학교로 원예농업
을 배우러 가는데 나는 온라인 유통을 배우기 위해 천안에 있는 단
국대학교 최고농업경영자 과정에 입학하였다.

이제 농업도 생산이 문제가 아니라 유통 방법에 성패가 달려있
다. 나는 오프라인 시장에서 뼈아픈 실패의 경험을 맛봤기 때문에
그만큼 유통의 중요성을 절실히 느끼고 있던 차였다. 앞으로 정보
화 시대에 맞춰 온라인 유통을 배워야 희망이 보인다는 것을 깨닫
고 있었다.

집에서 단국대 천안캠퍼스까지는 자동차로 2시간이나 걸리는 거

리였다. 비록 1년 과정의 수업이지만 나에게는 온라인 유통에 관한 좀 더 깊이 있는 공부가 절실했기 때문에 한 번도 결석하지 않고 열심히 배웠다.

수료를 위한 논문은 이미 내가 여러 번의 시행착오를 거치며 성공해낸 '늙은호박 장기저장에 관한 연구'를 주제로 발표하여 우수상을 수상하는 영광을 안았다.

정부에서는 농어촌과 산촌 등 정보화에 소외된 지역에 정보 생활화를 유도하고 실질적인 수익을 창출하도록 지원하는 정보화마을 조성사업을 하고 있었다. 그런 사업의 일환으로 초고속 인터넷 이용 환경 조성과 전자상거래를 위한 정보콘텐츠를 무료로 구축해 주었다. 2005년에 마을 사람들과 협의하여 정보화마을 조성 사업을 신청하

농업인 홈페이지 경진대회 최우수상 수상 후 장관님과 함께. 오른쪽이 장태평 장관님. 왼쪽이 필자

였다. 그 결과 '회포정보화마을'로 선정되어 정보센터와 컴퓨터를
지원받았다. 프로그램 관리자까지 지원받아 주민들에게 컴퓨터 교
육을 시키고 마을 홈페이지를 구축하여 우리 마을의 특산물을 팔기
시작했다.

한편 급변하는 2000년대의 정보화 시대에 걸맞게 농림부에서는
전국 농업인 홈페이지 경진대회를 개최하였다. 일찍부터 농업에도

정보화가 필요하다는 생각을 가지고 홈페이지를 통한 온라인 판매를 하며 관리해왔던 나는 2001년 제1회 대회 때부터 출전하여 입선 2번, 우수상 3번을 수상하였다. 그리고 드디어 2008년 제8회 경진대회에서는 전국 최우수상을 거머쥐었다. 나의 선견지명이 공식적으로 인정받았다는 생각에 너무도 기쁜 나머지 눈물이 흘러내렸다. 농림부장관이 수여하는 상장과 상금 130만 원을 받았다.

2000년 〈참샘골호박농원〉 홈페이지를 개설한 첫해 1년 만에 호박 1덩어리를 판 것을 시작으로 2008년에는 1억 매출을 달성하고, 농업인 홈페이지 경진대회에서 최우수상을 받게 되는 쾌거를 이룬 것이다.

# 3.
# 최근명 한국농업경영인 후계자가 되다

1980대 중반, 정부에서는 농촌을 활성화시키기 위해 대한민국 농업의 미래를 책임질 젊은 청년들을 농업인 후계자로 선정하기 시작했다. 당시만 해도 자격과 심사 조건이 까다로워서 농업인 후계자로 선정되는 것은 하늘의 별따기란 말이 유행될 정도였다.

나는 만 39세가 되던 1992년에 농업인 후계자 신청을 해서 어려운 심사과정을 뚫고 후계자로 선정되었다. 그때 나는 UR협상의 여파로 젖소 사육을 접고 토종닭을 기르고 있을 때였다. 심사 조건이 아무리 까다롭다고 해도 내가 참샘골목장을 창업하여 10여년을 열심히 일하며 농촌의 수익 증대를 가져왔던 성과를 무시할 수는 없었을 것이다.

후계자 양성 교육기관에서 1박2일의 교육을 수료하고 농업인 후계자로 활동하기 시작했다. 후계자로 선정되면 얼마간의 지원금을 받게 되는데, 나는 지원금에 연연하지 않고 내 농장뿐 아니라 마을 전체의 발전을 위해 열심히 노력했다. 마을 사람들도 나의 열정에 감동하여 잘 따라 주었다.

한편 1987년 12월 9일, 사단법인 한국농업경영인중앙연합회(약칭 한농연)가 창립되면서 전국적으로 시·군, 읍·면 단위까지 지부가 결성되었다. 당시 약 5만 명의 회원을 거느린 거대한 농업계 조직이 탄생한 것이다. 한농연의 설립 목적은 '새천년 농업의 새로운 가치 창조와 농정개혁운동의 선도적 역할을 수행하며 농업인의 사회, 경제, 정치적 권익 향상을 위한 대변자로서의 역할을 수행한다'라고 정관에 명시되어 있다.

나는 농업인 후계자로 활동하면서 한농연에도 가입하여 농업인의 권익 향상을 위한 활동을 펼치고 있었다. 그렇게 열심히 일하다 보니 한농연의 대산읍회 부회장을 맡게 되었고, 1996년에는 회장 선거에 출마를 했다. 그러나 마지막 경선에서 송원후 상대 후보에게 몇 표 차이로 져서 낙선했다. 7대 회장에 당선된 송원후 회장의 권유로 또 부회장직을 수락하면서 더 열정적으로 조직 활동을 했다.

그동안 전국의 농업인 후계자 조직은 대부분 전임과 후임의 회기 년도에 정식적인 이·취임식이 없었다. 나는 이제 농업인들도 점점 규모가 커지는 단체를 이끌고 나아가기 위해서는 이·취임식 등 절차적인 행사를 거쳐야 한다고 집행부에 건의하여 승인을 받았다. 그리고는 라이온스클럽에서 배우고 익힌 대로 프로그램을 만들어 이·취임식 당일 농업인 회원들은 모두 정장을 하고 참석하도록 하였다.

행사 당일이 되자 농업인 회원들은 평소와는 다른 차림으로 조금 어색해 하면서도 우리 농업인들도 이런 자리에 주인공이 될 수 있다는 자부심이 깃든 표정으로 뿌듯해 하는 듯했다. 당시 나는 수석부회장 겸 사회자로서 행사를 멋지게 마무리하여 처음 치르는 행사에 대한 걱정을 태산처럼 하셨던 김연오 서산시 농업기술센터 소장님 및 많은 관계 공무원과 내빈들로부터 찬사를 받았다.

그리고 2년 후 회장 선거에 다시 도전하여 경선에서 많은 표차로 김정배 후보를 누르고 제8대 회장에 당선이 되었다. 이·취임식 행사를 성황리에 마치고 2년의 임기 동안 새롭고 창의적인 프로그램을 만들어 하나씩 실행에 옮기기 시작했다.

1998년 연시총회에서 나는 회원들에게 대산읍 농업인 후계자 '농산물품평회' 개최 계획을 발표하고 회원 모두에게 1가지씩 농산물 재배 및 연구 과제를 부여했다. 그 해 가을, 나는 계획한 대로 대산읍 농업인 후계자들이 참석하는 농산물품평회를 개최하였다. 회장인 나 자신부터 선도적으로 '맷돌호박의 한해살이 성장과정'을 액자로 만들어서 제일 큰 호박과 함께 출품하였다.

30명의 회원들도 각자 벼 재배 표본부터 고구마 품종별 표본, 감자, 무, 배추, 사과 등 한두 가지씩 모두 40점을 출품하였다. 심사를 하여 우수 농산물을 출품한 회원에게는 시상도 하였다. 그 결과 회원 및 소비자와 관계공무원 등 많은 참석자들로부터 호평을 받으면서 성황리에 행사를 마칠 수 있었다.

　우리 대산읍의 농산물품평회 행사가 호평을 받자 다음해부터는 서산시가 이를 벤치마킹(benchmarking)하여 서산시 전체 농업인 품평회를 개최하였다. 이 행사는 그 뒤로 거듭 성장하여 지금은 '서산시 우수농산물 한마당축제'라는 대규모 행사로 치러지고 있다.

조규선 서산시 전 시장님과 함께, 농산물 품평회에서 악수를 하고 있다

## - 정보화 리더로 우뚝 서며 충남 사이버장터 회장을 맡다

2000년대 초 충청남도는 정보화 농업과 온라인시장 직거래에 관심이 있는 농업인들의 수가 전국 평균보다 한참 앞서가고 있었다. 2001년 충남농업기술원에서는 농업인 정보화 교육과정을 개설하면서 '충남사이버장터 CN팜마트' 오픈마켓을 개설하고 지역 농업인들의 농특산물을 팔아주기 시작했던 것이다.

당시 정보화 교육을 담당했던 송전의 선생님은 충남사이버장터에서 농상품을 팔려면 농업인 조직을 만들어야 도에서 지원이 가능하다고 설명해 주셨다. 그러면서 정보화 교육 후에 가진 농업인 모임에서 '참샘골'이 홈페이지 우수 선도농가로 앞서가고 있으니 초대 리더로 나를 적극 추천한다고 하셨다. 많은 농업인들도 박수를 치며 동의하는 바람에 나는 충남사이버장터 초대회장에 추대되어 책임을 지고 열심히 활동하기 시작했다.

현재 예산에 있는 충남농업기술원이 그 당시는 대전시 유성구에 위치하고 있었다. 게다가 지금의 당진~대전 간 고속도로도 개통되기 전이라 대전에 한번 가려면 3시간이나 걸리는 장거리였다. 하지만 나는 리더의 책임감 때문에 대전을 자주 오가며 임원 및 회원들과 소통하였고 농업기술원의 전문가들과도 유대를 넓혀가면서 도의 지원을 이끌어내 사이버장터를 한 단계 더 업그레이드하여 활성화시켰다.

농업인들의 농상품 판매가 증가하면서 인터넷 장터에 상품을 입점하려는 농가가 점점 늘어나기 시작했다. 2년의 회장 임기가 끝나고 짐을 내려놓으려 했으나 회원들의 적극적인 지지로 재임을 하게되었다. 힘은 들었지만 우리 지역 농업인들의 정보화와 온라인 직거래 유통을 위해 내 성심껏 최선을 다하여 활동하였다. 그러자 나의 열정에 보답이라도 하듯 온라인 직거래에 크게 관심이 없던 회원들도 차츰 관심을 가지고 참여하게 되었다. 4년의 임기를 채우고 끝날 무렵인 2005년도에 충남사이버장터는 충남테크노파크로 이전되었다.

나는 4년 동안 조직의 리더로 활동하면서 정보화 시대의 변화와 오픈마켓 운영의 실체를 배웠을 뿐만 아니라 한 조직을 이끌어 갈수 있는 역량을 키우는데도 큰 도움을 받았다. 2000년대 농업인 홈페이지 전성기 시대를 떠올리면 현재 충남농업기술원 정보과에 근무하고 계신 송전의 선생님이 생각난다. 송전의 선생님은 사이버장터의 초석을 놓는데 도움을 주신 분이라 늘 그 고마움을 잊지 않고있다.

# 4.

# 호박 가공식품 개발로
# 농촌융복합산업(6차산업)을 시작하다

**나는 생산한** 품질 좋은 호박을 단순하게 포장하여 판매하는데 주력하였다. 건강과 장수에 대한 관심이 늘어나면서 호박에 대한 수요는 계속해서 증가하였고 나는 원래 농촌 출신인데다가 농산업에 뜻을 두고 시작한 일이다보니 오직 좋은 농산품을 생산하여 파는 것이 나의 소임이라고 생각했다. 그리고 판매량이 증가하다 보니 그저 내가 열심히 노력한 것에 대한 보답으로 알고 감사할 따름이었다.

그런데 사회 환경이 변화하면서 호박을 구입하여 집에서 요리를 하거나 달여 먹기보다는 좀 더 간편하게 호박을 섭취할 수 있기를 바라는 소비자의 욕구가 대두되기 시작했다. 소비자들은 아이디어를 제공하면서 새로운 상품 개발을 요구해왔다.

어느 날 주문을 확인하기 위해 홈페이지를 여니 여고생이라고 밝힌 고객 한 분이 남긴 글이 있었다.

"아저씨! 그냥 호박만 팔지 말고 간편하게 먹을 수 있는 호박즙도 파셨으면 해요. 호박 달인 물이 여성의 미용, 다이어트, 부기 제거에 효과적이라는데, 저 호박즙 많이 먹고 '미인'이 되고 싶어요."

그렇잖아도 호박은 식품으로만 소비되는 것이 아니었다. 비타민 C를 풍부하게 함유하고 있어 각종 질병에 대한 저항력을 향상시켜 주고, 이뇨작용이 뛰어나 부기 제거에 탁월한 효과가 있기 때문에 임산부나 허약한 분들이 많이 찾고 있었다. 한의원에서도 혈압이 높은 환자나 손발이 붓는 분들에게 호박을 처방하기도 한다. 그런데 이제는 젊은 여성들이 다이어트를 위해, 그리고 성형수술 후 부기 제거를 위해 항상 곁에 두고 언제든 간편하게 먹을 수 있는 호박 가공 상품을 원하는 것이다.

나는 고객의 아이디어를 즉각적으로 수용하여 작은 변화를 시도하기로 결심했다. 1차산업에서 2차산업으로 한 걸음 내딛게 된 것이다. 먼저 호박즙을 가공하여 판매하려면 어떻게 해야 할지 며칠을 두고 고민하였다. 호박농사만 열심히 해왔기에 호박 가공을 위한 생산설비에 대한 지식이나 준비가 있을 리 만무했다. 어느 날 읍내에 나갔다가 우연히 후배가 하는 건강원을 찾게 되었다. '아! 바로 이거구나.'

나는 어떤 결정을 해야 할 일이 생기면 보이지 않는 누군가가 나를 도와주기라도 하듯 그렇게 섬광처럼 스치는 생각이 떠오른다.

일부러 생산설비를 준비하지 않고도 호박즙을 만들 수 있게 된 것이다. 그렇게 해서 탄생한 것이 바로 지금도 소비자들에게 사랑받고 있는 '호박미인'이다.

우선 호박즙을 포장할 용기를 만들기 위해 포장지 제조업체를 찾아가 한의원에서 한약봉지로 사용하고 있는 비닐파우치를 제작하였다. 상표는 여고생의 글을 읽고 순간 떠오른 '호박미인'으로 정했다. 전용 파우치와 박스를 주문한 후 대산읍내에 있는 건강원을 찾아가서 호박을 공급하는 조건으로 OEM 방식의 계약체결을 하였다. 내가 재배한 호박으로 '참샘골호박미인' 상품이 처음 탄생되는 순간이었다. 나는 기뻐서 가슴이 뛰고 눈물이 났다.

호박즙 상품을 만들어 홈페이지에 올리자마자 주문이 쇄도하기 시작했다. 호박을 찾던 손님들도 너도나도 호박 가공 상품인 호박즙을 주문하였다. 호박 판매는 줄고 호박즙이 불티나게 팔려나갔다. 여학생 고객의 요구에 즉각적으로 대응한 나의 작은 변화가 판매량 급증으로 이어진 것이다. 주문량이 계속 늘어나면서 건강원 한 곳에서의 생산으로는 부족했다. 계속해서 두 곳, 세 곳, 네 곳으로 건강원과의 계약도 늘어났다.

신바람에 덩실거리던 어느 날! 서산경찰서에서 전화가 걸려왔다. 나는 깜짝 놀랐다. '뭣 때문이지? 아무것도 잘못한 게 없는데… 왜 경찰서에서 전화가 왔지!!'

황급하게 물어보니 제조허가를 받지 않고 호박즙을 유통시켰기 때문에 식품의약품 안전처에서 고발이 접수되었다는 것이었다. 그러니 경찰서에 들어와서 조사를 받으라는 것이었다.

경찰서에 들어가 조서를 작성하면서 알게 된 사실은 건강원은 식품제조 허가 업체가 아니라 즉석식품 영업 허가 업체이기 때문에 해당 장소에서만 판매가 가능하다는 것이었다. 지금이야 통신판매업 신고만 하면 즉석식품 업체도 온라인 판매가 가능하지만 그때만 해도 인터넷을 이용한 온라인 판매를 하기 위해서는 식품제조 허가가 있어야 했다.

이미 국가기관을 통해 온라인 쇼핑몰도 만들고 온라인 판매 허가도 받았는데 가공식품을 팔았다고 신고를 하다니 뭔가 억울한 생각이 들었다. 그렇다면 처음부터 1차산업 작물인 호박만 팔아야 한다고 교육을 해 주었어야 하지 않나.

나는 그때까지만 해도 식품위생법에 대해서는 전혀 아는 바가 없었다. 그저 건강원도 허가를 받고 하는 곳이니 내가 생산한 호박을 맡겨 가공해 판다고 별 문제가 되리라는 생각을 하지 않았던 것이다.

경찰서에서 조서를 쓰고 돌아온 후 1달이 지나 서산법원에서 또 출두하라는 명령 고지서가 날아왔다. 허가를 받지 않고 호박즙을 만들어 판 것 때문에 감옥에 가는 것은 아닌지, 눈앞이 캄캄하고 범죄자가 된 것처럼 두려웠다.

법원에 가서 판결을 받았다. 벌금 250만 원!!

고지서를 받아들고 집에 돌아오니 마음을 졸이며 기다리고 있던 아내는 긴장이 풀리고 한편으론 분한 마음이 들었는지 엉엉 소리를 내며 울었다. 그러나 나는 분하다기보다는 안도하는 마음과 함께 한편 설렘으로 가득 찼다. 왜 그랬을까? 첫 번째는 감옥을 안 갔으니 다행이고, 두 번째는 바로 250만 원의 수업료를 내고 '돈 버는 식품위생법'을 배웠다고 생각했기 때문이다.

여기에서 아이디어를 얻은 나는 직접 식품제조 공장을 차리기로 결심했다. 식품위생법에 저촉되지 않도록 시설과 설비를 갖추고 위생교육도 받았다. '참샘골식품'이라는 이름으로 허가 신청을 하고 며칠 후 사업자등록증이 나오자 바로 호박즙 제조에 들어갔다. 그리하여 농업인 중에서는 처음으로 식품제조 허가를 취득하게 된 것이다. 이때가 2003년이었다.

'호박이 넝쿨째! 건강이 넝쿨째!'라는 슬로건 아래 호박 웰빙 식품의 대중화를 선언했다. 또한 '호박미인' 상표 브랜드를 특허청에 등록하여 지적재산인 상표권도 획득하였다. 그렇게 탄생한 '호박미인'은 호박과육뿐만 아니라 호박꼭지, 호박껍질, 호박씨 등 100% 호박이 들어간 제품으로 여성들의 다이어트, 피부미용, 부기 제거에 탁월한 효과가 있어 우리 기업의 효자상품이 되어 지금도 젊은 여성들에게 인기리에 판매되고 있다.

# 5.

# '호박미인' 브랜드 이야기

'참샘골 호박미인' 상품 브랜드가 젊은 여성들의 다이어트와 부기 빼기, 눈꺼풀 수술의 후유증 등에 좋다고 입소문을 타면서 인터넷 상 검색어 키워드로도 유명해져 갔다. 나는 내가 개발한 상품이 얼마나 호응이 있는지 알아보기 위해 인터넷 상에서 종종 검색을 해보곤 했는데, 어느 날 컴퓨터를 켜고 '호박미인'을 검색하니 모 중견기업에서 우리 상품 브랜드를 도용하여 호박즙을 판매하고 있었다.

'아니, 우리 같은 소규모 업체의 상표를 중견기업에서 도용해서 쓰다니…!' 기가 막히고 머리를 한 대 얻어맞은 듯 멍한 기분이었다. 그나마 상표권을 등록해 놓은 것이 정말 다행이라는 생각이 들었다. 식품법을 위반했던 경험으로 브랜드에 대한 재산권도 공부할 수 있었던 덕분이다.

참샘골 호박미인 상표 등록증

그 업체에서는 우리가 소규모 업체이다 보니 상표권 등록 같은 것은 하지 않았으리라고 쉽게 생각했던 모양이다. 나는 즉시 내 상표권 도용에 대한 항의의 서신을 작성하여 우리 상표를 모방한 회사로 내용증명을 발송하였다.

그러자 얼마 후에 그 회사 전무라는 사람이 찾아왔다. 와서 하는 말이 '호박미인' 상표를 팔라는 것이다. 1억을 주겠다고 했다.

"10억을 줘도 안 팔 테니 어서 돌아가시오!"

나는 몇 년을 시행착오를 거치며 고심 끝에 만들어낸 내 자식 같은 상표를 너무 쉽게 취급하는 그의 말에 격분해서 문전박대하여 쫓아내었다. 그러면서도 마음 한편으로는 왠지 기분이 좋았다. '아~! 유명 브랜드의 가치가 실감이 나는구나!!' 하고 말이다. 그리하여 우리 회사의 '호박미인'은 벌써 16년째 장수 브랜드로 소비자들에게 사랑받고 있다.

그러나 호박음료 단일 상품만으로는 더 큰 시장을 개척하는데 한계가 있었다. 여러 가지 상품을 개발해야 할 필요성이 대두되었다.
호박 관련 제품에 대한 공부가 더 필요했다.

참샘골 호박미인' 상표 브랜드, 호박음료 스탠딩 파우치

# 4장

# 명인이라는
# 책임과 사명

# 1.

## 호박농부 최근명,
## 한국벤처농업대학교에 입학하다

**2004년 1월 어느 날,** 충남농업기술원의 한익수 과장님한테서 전화가 걸려왔다.

"참샘골 최 회장님! 새해에는 벤처농업 공부를 하셔야 합니다. 최회장님은 충남에서 최고가 아니라 대한민국의 최고가 되어야 합니다."

그러면서 한국벤처농업대학 입학을 적극 추천하셨다. 한익수 과장님은 국가직 공무원이면서 벤처농업대학 3기생 선배이시다. 그때만 해도 나는 무언가 부족함을 느끼며 배움에 대한 갈증에 목말라하고 있을 때였다. 그러면서도 어떻게 공부를 해야 할지 길을 찾지못하고 있었다. '그래 배우자! 기회가 왔다' 나는 주저하지 않고 한국벤처농업대학에 입학원서를 접수했다.

한국벤처농업대학교는 2001년에 민승규 박사가 대한민국 벤처농업 인재를 육성하기 위해서 전국의 교통 중심지인 충남 금산군에 설립한 전문대학이다. 농업분야에 뒤떨어진 경영과 마케팅 분야를 교육시켜 정부에 의존하는 농업이 아닌 개인적인 창의력이 중요시되는 농업으로 발전시키고, 한국 농업의 새로운 토대를 정착시키기 위해 농업의 발전을 이끌어갈 인재를 양성하는 것을 목적으로 하는 학교이다. 민승규 교수님은 나중에 농림수산식품부 차관과 농업진흥청장을 지내신 분으로 우리 농촌의 발전을 위해 많은 기여를 하셨다.

드디어 입학식을 하게 되었다. 그 해 4월 학교에서는 신입생의 입학식과 선배들의 졸업식이 동시에 치러졌다. 그 당시는 학교가 설립 초창기라서 별도의 건물이 없어 금산군의 기부 형식으로 금산군 농업기술센터 내에 전용 강의실이 마련되어 열악한 환경에서 공부를 해야만 했다.

입학식과 동시에 첫 수업이 시작되었다. 강의실 옆면에 붙여진 '가슴 뛰는 농업~ 가슴 뛰는 삶'이라는 한국벤처농업대학교의 슬로건이 내 눈에 들어오는 순간 왠지 가슴도 두근두근 뛰었다. 열심히 농사짓는 것밖에 모르던 나이지만 이제 이곳에서 전문적인 경영과 마케팅을 배워 우리 참샘골농원과 농촌의 발전을 위해 일할 것을 생각하니 너무 기뻤다.

벤처농업대학교 학업과정은 1년 과정으로 월 2회 격주로 토요일과 일요일에 걸쳐 이틀 동안 철야수업으로 이루어졌다. 민승규 교수님의 첫 강의가 시작되기 전에 입학선서를 하였다.

"선서! 나는 반드시 우리나라에서 가장 존경받는 벤처농업회사의 사장이 되겠습니다. 바로!"

민 교수님은 벤처농업회사 사장이 되기를 원하지 않는 사람은 지금 공부를 포기하고 집으로 돌아가라고 하셨다. 그만큼 지금까지의 재래식 농업이 아닌 창의적이고 미래지향적인 농업인을 육성하시려는 그분의 의지가 느껴졌다.

선서한 대로 나는 대한민국 최고의 '호박 제조·가공회사'의 사장이 되리라 다짐을 하면서 철야 공부를 시작했다. 전국에서 모인 동기생은 88명으로 농업인뿐만 아니라 사업가, 공무원, 학원 강사 등 직업이 다양했다. 쉬는 시간에 대화를 나눠보니 저마다 미래 농업에 대해 품고 있는 비전은 대단했다.

수업을 듣는 틈틈이 동기생들과 소통을 하면서 각자의 성공 및 실패담을 듣고 벤치마킹도 하였다. 농장일이 아무리 바쁘고 힘들어도 학교 수업이 있는 날은 한 번도 결석하지 않고 열정을 다해 공부했다. 당시는 대전~당진 간 고속도로가 개통되기 전이라 대산에서 금산까지는 약 3시간 30분이 걸리는 거리였지만 매 수업 때마다 빠지지 않고 1년 동안 학교를 다녔다.

드디어 2005년 4월 23일, 한국벤처농업대학 4기생으로 졸업을 하게 되었다. 우리는 졸업 논문 대신 각자 '사업계획서'를 작성하여 제출해야 했다. 교수님들이 심사하여 합격선에 들어야 졸업장이 수

여된다고 하였다.

나는 1년 동안 배우고 닦은 대로 내가 직접 운영하고 또 계획하고 있는 사업에 맞는 호박 가공 상품을 개발하기로 마음먹고 '고구마& 호박죽' 상품 개발 사업계획서를 제출하였다. 그렇잖아도 나의 주력 상품인 호박과 더불어 우리 한국인에게 친숙한 고구마를 원료로 한 새로운 제품을 생산할 수는 없을까 생각하고 있던 참이었다. 황동 색의 호박과 서산 땅의 노란 호박고구마의 만남은 그 색깔부터 나의 참샘골 호박 브랜드와도 잘 어울릴 것 같았다.

사업계획서를 제출한 후 교수님과 동기생들이 지켜보는 앞에서 프레젠테이션(presentation)으로 사업계획을 발표하였다. 그 자리에 모인 교수님들과 참석자들은 나의 사업계획을 듣고 뜨거운 박수를 보내주셨다. 결과는 졸업생 85명 중에서 최상위 그룹의 성적을 받았다. 내가 호박 농사를 시작한 뒤 호박에 대해 연구하고 호박즙을 생산하며 한 우물만 판 덕분이었다.

벤처농업대학교 졸업식 당일이었다. 학사모와 학사가운을 걸치고 졸업식에 참석할 것을 생각하니 가슴이 벅차올랐다. 졸업 성적도 상위권에 속하니 더욱 보람이 있고 밝은 앞날이 보이는 듯했다. 차를 몰고 학교 근처쯤에 이르렀을 때 농장에 있던 아내에게서 전화가 왔다. 아내는 울먹이는 목소리로 다급하게 말했다.

"여보, 불이 났어요! 어떻게 하면 좋아요!"

숨 넘어 가는 소리로 농장의 호박 저장실에 불이 났으니 빨리 오

2005년 4월 한국벤처농업대학교 졸업사진. 아랫줄 우측이 필자

라고 했다. '아니, 이게 무슨 일인가? 호사다마라더니 하필 졸업식 날 화재가 난다는 말인가!' 그러나 농장에 불이 났는데 이보다 더 급한 일이 뭐가 있겠는가. 나는 졸업식 참석을 포기하고 황급히 차량을 돌려 농장으로 돌아갔다. 3시간여를 달려 농장에 도착하니 호박 저장실과 버섯 재배사 4동이 모두 불타버리고 불길은 산으로 번져 삼형제봉 큰산 중턱까지도 타버렸다. 날씨가 건조하고 바람까지 불어서 대형 산불로 번진 것이다. 서산시 소방차와 충남 산림청 헬기까지 동원되고서야 불길이 어느 정도 잡혔다고 한다. 내가 도착했을 때는 소방대원과 마을 사람들이 잔불을 정리하고 있었다.

원인은 전기 누전이었다. 호박 저장실의 온도와 습도를 관리하기 위해 켜놓은 자동 관리시스템이 과열되면서 전선에 붙은 불똥이 주변의 건초더미로 옮아 붙었던 모양이다.

우리 농장의 피해를 복구해야 하는 문제뿐 아니라, 고의는 아니었지만 산으로 불이 번진 연유에 대한 조사와 피해보상 문제로 한동안 군청과 산림청 등을 오가며 애를 먹었다. 나는 그때 일로 10년 감수할 정도로 놀라고 화재가 얼마나 무서운지 깨달아 지금도 자나 깨나 불조심, 안전을 생활화하고 있다.

그 후 한국 벤처농업대학을 졸업하고 10년 만에 학교에 오니 가슴이 설레고 뛰었다.

15기 재학생 200명 앞에서 졸업 10년 후 〈멋쟁이 농부들의 색깔 있는 이야기〉 도전, 열정, 꿈을 주제로 동기생 4명과 함께 발표를 하여 재학생들과 교수님들한테 우레와 같은 박수를 받았다.

벤처대 15기 재학생 중에는 우리 서산시 농업인 7명과 이완섭 시장님도 계셨다. 발표가 끝나고 교수님들, 이완섭 시장님과 함께 인증 샷을 찍었다.

한국벤처농업대학 4기생 졸업 10주년기념행사에서 성공사례를 발표하였다

# 2.

## 간편하게 먹을 수 있는
## 고구마&호박죽 상품을 개발하다

졸업식에는 참석하지 못했지만 졸업 과제로 발표한 고구마&호박죽 사업계획서를 칭찬해 주신 민승규 박사님의 도움과 충남 농업테크노파크 노태흥 본부장님의 적극적인 관심으로 우리 '참샘골식품'이 2005년도 우수 농기업으로 선정이 되었다. 그 덕에 충남 농업테크노파크로부터 우수 농기업 상품개발 연구비로 5천만 원을 지원받았다.

충남 농업테크노파크와 참샘골식품, 그리고 한서대학교가 연계한 관·산·학 협약을 체결하고 고구마&호박죽 상품 개발에 들어갔다. 상품 연구개발에는 한서대학교 식품공학과 김혜경 교수님의 지도와 협력이 큰 힘이 되었다.

드디어 1년 동안 연구한 끝에 고구마&호박죽 시제품이 나왔다. 3회에 걸쳐서 100명의 대학생들에게 시식을 시키고 평가를 받아 최

2006년 충남농업기술원에서 개최한
한국벤처농업박람회에 참가하여 홍보하고 있다

종적으로 시제품을 완성하였다. 그리고 보다 많은 소비자들에게 평가를 받기 위해 2006년 충남농업기술원에서 개최한 한국벤처농업박람회에 참가해서 시식회를 열어 좋은 반응을 얻었다.

지금까지는 그냥 가정에서 호박과 찹쌀만을 넣어 끓여먹었지만 고구마를 첨가하니 더욱 찰지면서도 달콤한 맛이 있었다. 우리 신토불이 농산물인 노오란 고구마와 황동색 호박의 만남은 전통식품으로 친근하면서도 이색적인 것이었다. 옛날 할머니가 만들어 주시던 맛은 그대로 살리면서 첨가한 고구마 천연의 달콤함이 입안에 착 달라붙으며 호박 향이 그윽한 게 특징이다. 특히 고구마에는 전분과 식이섬유가 풍부하여 포만감을 주고 호박에 부족한 성분을 보충해 주어 한 끼 식사대용으로도 제격이었다. 게다가 대기업의 공장에서 생산한 기성 인스턴트식품들과 달리 인공 가미를 하지 않아 집에서 만든 것과 같은 깊은 맛을 살릴 수 있었다. 그러면서 휴대가 간편하다는 장점으로 온라인 틈새시장을 파고 든 것이 소비자들의 욕구에 적중했다.

나는 호박죽을 간편하게 지니고 다니며 먹을 수 있도록 하기 위해 광선과 공기가 통하지 않는 4중지 스탠딩파우치를 사용하기로 하였다. 호박과 찹쌀, 고구마를 각각 생으로 간 후 맷돌호박 75%, 찹쌀 10%, 고구마 7%의 비율로 혼합하여 전통방식으로 걸쭉하게 끓여낸 호박죽을 200g씩 1인분으로 포장하여 레토르트(retort) 식품으로 출시하였다. 가압, 고온으로 멸균 처리한 후 밀봉한 레토르트 식품은 상온에서도 장기간 보존이 가능하다.

이렇게 심혈을 기울여 개발한 '고구마&호박죽' 상품은 그 당시 서

산시의 자체 특화사업 지원금과 자부담금 등 약 1억5천만 원을 투자하여 레토르트 반자동화 시스템 생산 설비를 갖추고 생산을 시작하였다. 생산 규모는 연간 100톤으로, 200g짜리 고구마&호박죽을 하루에 2,000개씩 생산할 수 있었다.

나는 즉시 '참샘골 고구마&호박죽'으로 명명하고 특허청에 상표 등록을 하였다. 그리고 식품의약품 안전청으로부터는 소규모 HACCP 인증을 받아 식품의 위해 요소를 차단하고 안전성을 높였다. 또한 한국식품연구원에서 전통식품 인증과 ISO 9001 품질규격 인증을 획득하였다.

이렇게 생산된 '참샘골 고구마&호박죽'은 주로 '참샘골 쇼핑몰'과 G마켓, 농협a마켓, 옥션, 11번가, 우체국쇼핑 등 제품의 90% 가량을 인터넷과 모바일 앱을 통해 판매하고 있다. 레토르트 식품은 부피가 작고 가벼워서 등산이나 낚시 등 야외 활동 시에 휴대하기 간편하며, 특히 여성들의 가방 속에도 지니고 다니기 쉬워서 지금은 우리 참샘골식품의 대표적 상품이 되었다.

인터넷 판매 초창기에는 호박만을 판매하였으나 호박 가공식품에 대한 고객들의 선호도가 높아지면서 이제는 호박과 가공식품의 판매 비율이 1대 9에 이를 만큼 호박 가공상품의 판매가 절대적이다.

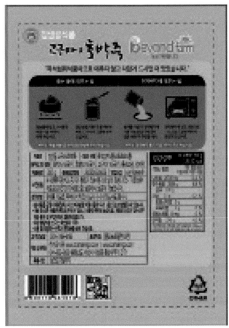

참샘골 고구마&호박죽 상표브랜드 레토로트 스탠딩 파우치

참샘골 〈고구마&호박죽〉 200g, 10팩씩 포장 박스 상품이다

# 3.

## 참샘골 브랜드, 윤선 박사와의
## 만남으로 마케팅에 눈을 뜨다

**2006년 초여름,** 농촌진흥청 정보화농업을 담당하고 계신 오상헌 박사님께서 참샘골농장을 찾아오셨다. 오 박사님은 우리 참샘골농장에 도움을 주실 분이라고 하시면서 마케팅 강의에 전문가이신 윤선 박사님을 소개해 주셨다.

윤선 박사님은 농촌경제연구원과 농림수산정보센터 등지에서 농산업 정책 연구를 하시던 분으로, 탁상 행정의 한계를 깨닫고 공직을 물러나 농업인 교육 전문 강사로 활동 중인 분이었다. 농업에 마케팅이 필요하다는 인식이 별로 없었던 당시 그분은 농가에 고객 중심의 마케팅 교육을 통해 앞으로는 농촌융복합산업(6차산업)의 길을 가야함을 알려주고 계셨다.

윤선 박사님을 만나고 보니 내가 추구하던 농기업 참샘골식품의 온라인 마케팅에도 최적의 도움을 받을 수 있을 것 같았다. 그때 마침 고구마&호박죽 시제품 생산을 마치고 본격적으로 상품을 만들고 있을 때였기에 맛에 대한 평가와 함께 홍보 마케팅 방법을 부탁드렸다. 박사님은 '윤선 마케팅 네트워크' 네이버카페 명함을 주시면서 쾌히 승낙하셨다.

윤선 박사님께서 참샘골호박농원을 방문하여 호박명인 인증을 축하해 주셨다

그 후 나는 틈만 나면 네이버의 '윤선마케팅 네트워크' 카페에 접속하여 박사님께서 처음 시작한 새벽마케팅에 대하여 공부를 했다. 윤 박사님은 매일 새벽 4시 30분에 일어나 글을 쓰신다고 한다. 새벽 공기를 마시면 머리가 맑아지기 때문에 아침에 일찍 일어나 그날의 일정을 확인하고 농산업 마케팅에 대해 몰두하다 보면 그날 강의할 내용이 머리에 쏙쏙 들어오며 깔끔히 정리된다고 하셨다. 그래서 마케팅에 성공하기 위해서는 누구보다 부지런해야 한다는 의미로 '새벽마케팅'이라 칭하신 것이 아닌가 싶다. 요즘 흔히 사용하는 early bird라는 말도 있듯 아침 일찍 일어나는 새가 먹이도 먼저 잡을 수 있을 것이다. 우리 농업인들이야 워낙 일찍 일어나는 것이 습관화되어 있기 때문에 나는 윤선 박사님과의 만남이 운명이 아닌가 생각했다.

나는 윤선 박사님의 지역농업 현장 강의에도 빠지지 않고 참석했는데, 2010년 서산시 농업인대학 농촌관광과정 강의에 참석했을 때였다. 윤 박사님은 갑자기 마이크를 강단 바닥에 내려놓더니 학생들을 모두 강단 앞으로 나오라고 하셨다. 처음엔 무슨 일인가 어리둥절하여 앞으로 나가니 서로 마주보고 손뼉을 치며 눈 맞추기를 하라고 하였다. '고객을 맞이하는 방법'의 일환으로 고객과 눈을 마주하며 친근감을 쌓는 이색적인 마케팅 실습 교육이었다. 그저 좋은 상품만 개발하면 고객이 좋아할 줄로 알고 있던 우리 농업인들에게 이러한 고객 중심 마케팅 교육은 새로운 경험이었다. 농업인

대학 모든 학생들로부터 열렬한 호응을 받았음은 물론이다.

윤선 박사님의 현장에서 웃음으로 손님맞이하기 이색적인 강의 프로그램

한편 윤선 박사는 2015년에는 전국 농업기술센터 강소농 현장 교육을 우리 참샘골호박농원에서 8번이나 개최하였다. '강소농'은 아이디어와 기술력을 토대로 고수익을 올리는 '작지만 강한 농가나 농민'이라는 말로 경영 목표를 지속적으로 달성하는 농업 경영체를 말한다. 나에게도 참샘골 6차산업 성공사례를 발표할 기회가 주어져

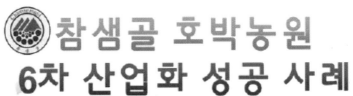

참샘골 호박농원 6차산업화 성공 사례 강의 자료에서

'4전 5기, 6차산업을 먹고 뻗어가는 호박넝쿨!'이라는 주제로 나의 경험을 강의하여 참샘골을 방문한 농업기술센터 선생님들과 강소농 농업인들에게 인기를 끌었다. 덩달아서 참샘골호박농장도 대한민국의 6차산업의 선두주자, 호박 명소로 널리 알려지게 되었다.

나는 윤선 박사님한테 배운 특별한 간판 마케팅을 실현하기 위해 서산시에서 지원하는 서산시 농촌관광협의회 간판 사업을 신청하였다. 농장에 세울 대형 간판과 이동 시 가지고 다닐 미니 간판 2개를

전국 최초로 큐알코드와 NFC칩을 적용한 스마트간판을 만들었다

박람회장에 찾아온 고객들에게 미니 스마트간판으로 홍보효과를 톡톡히 보고 있다

만들었다.

나무로 제작한 간판에 새겨진 큐알코드에 스마트폰을 갖다 대면 참샘골호박농장의 실시간 일기가 사진과 함께 뜨는 '스마트간판'이었다. 지금이야 큐알코드를 이용한 홍보가 일반적이지만 당시 큐알코드와 NFC칩을 적용한 스마트간판은 우리 참샘골호박농원이 전국에서 최초로 만든 것이었다. 체험방문 고객들은 신기해하며 큐알코드를 찍어보기도 하고 호박농장을 찾아와 이것저것 묻기도 하였다.

스마트간판은 방문객들에게 새로운 볼거리를 제공할 뿐만 아니라 농장을 방문하는 고객들의 휴대폰에 우리 참샘골호박농장이 자동으로 저장이 되면서 모바일 마케팅의 홍보 효과를 톡톡히 보고 있다.

A4용지 크기만 한 미니 스마트간판은 가지고 다니기가 편리해서 직거래 장터나 각종 박람회에 참가하여 우리 농장을 홍보하기에 안성맞춤이었다. 고객들은 신기한 듯 너도 나도 휴대폰으로 간판을 스캔해 참샘골농원에 대해 알아보기도 하며 즐거워했다.


또 보다 많은 사람들에게 홍보하고자 농장에서 운행하는 스타렉스 자동차에 호박상품 이미지와 '비욘드팜, 농부가 만듭니다', '참샘골쇼핑몰' 등의 문구를 적은 래핑광고지를 부착하였다. 자동차가 달릴 때나 주차장에 정차했을 때 어느 곳을 가든 사람들의 시선을 끌어 모을 수 있어 홍보 효과도 성공적이었다.

어느 가을날, 서울에 사는 지인의 자녀 결혼식에 가려고 외출 준

스타렉스 차량 양면에 래핑 광고를 부착하여 홍보 마케팅 효과를 올리고 있다

비를 하던 중이었다. 격식을 차려야 하는 자리이니만큼 평소에 입지 않던 양복을 걸치고 나서자 아들이 말하였다.

"아버지, 서울까지 가시는데 제 승용차를 타고 가서요."

"아니야, 아빠는 스타렉스 자동차가 더 좋아!"

107

그렇게 말하고는 혼자말로 '모처럼 서울에 가는데 돈 안 들이고 광고도 해야지'라고 중얼거리며 스타렉스 자동차에 올라탔다. 2시간 만에 서울에 있는 결혼식장에 도착하여 전용 주차장에 차를 세운 후 내려서 몇 발작쯤 떼어놓았을 때였다. 내 차 옆에 검은색 고급승용차가 들어와 주차를 하더니 엄마와 딸로 보이는 두 사람이 내렸다. 딸이 내 차를 가리키며 반갑다는 듯 외쳤다.

"엄마, 엄마! 저 차 참샘골 차야! 내가 시켜먹는 호박죽 만드는 참샘골, 무지 유명한 데야!"

그러자 그 엄마도 그래? 하면서 한참을 내 자동차의 호박 그림에 눈을 맞추었다.

나는 서울 한복판에서 이름도 모르는 참샘골 단골고객의 이런 모습을 보고 기쁜 마음에 가슴이 뛸 정도였다. 별것 아닌 것 같은 자동차 마케팅 광고가 중요함을 몸소 깨닫는 순간이었다.

『작은 변화의 힘』의 저자 윤선 박사님이 강조하던 현장 마케팅 효과가 바로 이것이구나! 박사님 고맙습니다. 앞날을 내다보시는 윤선 박사님에 대한 고마운 마음에 나도 모르게 인사가 저절로 나왔다.

윤선 박사님은 우리 농업인들에게 마케팅에 대해서만 도움을 주신 것이 아니다. 최근에는 '농업인 책 쓰기 프로젝트'를 진행하고 있다. 농촌의 삶 자체가 하나의 스토리가 될 수 있다는 것이다. 특히 농기업을 운영하고 있는 사람들은 농업과 연계한 농촌융복합산업의 성공 노하우를 기록으로 남길 필요성이 있음을 역설하셨다. 또한 책을 쓰려면 내가 하는 일과 나의 존재에 대해 사유를 함으로써 자신과 가족의 역사를 인식할 수 있다고도 하셨다. 또한 책을 통해 농업인의 목소리를 냄으로써 농업인의 권리를 찾는 등 정치적인 목적도 달성할 수 있다는 것이다.

나의 경우도 호박농사를 시작하면서 옛날 할머니 댁 사랑방 시렁 위에 놓여있던 호박을 떠올려 버섯 균상대를 이용한 호박 상온 장기보관법을 개발하지 않았는가. 또한 노란 호박과 노란 고구마가 만나 고구마&호박죽으로 탄생한 것은 컬러 이미지와 스토리텔링의 결합으로 이야깃거리가 충분할 것이다.


윤선 박사님은 지금도 농업인들에게 농업 현장의 정보나 마케팅 관련 내용으로 매달 메일을 보내주신다. 그 중 2019년 새해에 올 한 해 농산업 현장의 중심 키워드에 대한 글과 농업인의 브랜드 스토리텔링에 관련된 글을 소개한다.

---

### '윤선 박사의 현장칼럼 746', 2019년 현장의 경영마케팅 키워드 10가지

2019년 농산업 경영마케팅에서는 어떤 것이 주요 이슈가 될까?
현장을 관찰했던 것과 코리아 트랜드, 앞으로 경영마케팅 이랬으면

---

좋겠다는 방향성을 중심으로 2019년 농산업 경영마케팅 현장키워드 10가지를 정리해 보았다.


1. 올 한 해 현장에서 가장 많이 나올 것으로 예상되는 말은 '컨셉'이라는 단어이다.

컨셉이 뭐여요, 컨셉. 어떤 컨셉으로 농사지으려고 해요, 어떤 컨셉으로 체험하려고 해요. 어떤 컨셉으로 상품디자인 하려고 해요. 어떤 컨셉으로 마케팅하려고 해요. 올 한해 컨셉에 살고 컨셉에 죽는다. 이제는 집중할 때가 되었기 때문이다.

코리아 트랜드의 1번. 컨셉으로 승부하라고 했는데. 지금의 농업현장에서 가장 필요한 말이다. 제대로 된 경영컨셉. 생산컨셉. 마케팅 컨셉이 있는가?

자기 경영, 마케팅방식에 대해 조금 더 깊이 들어가고, 백투더베이직, 기본으로 돌아가는 일에 좀 더 집중하는 한 해가 될 것 같다.

나나랜드, 나나랜더, 누가 뭐라고 하더라도 나만의 컨셉으로 나의 세계를 만들어가는 사람들이 많아질 것이다.


2. 생산측면에서, 4차산업혁명의 농업변화가 여기저기에서 나타날 것이다.

스마트 팜. 드론. 3D프린팅. 무인 트랙터 등이 나타날 것이다. 4차산업혁명을 외쳤던 이후, 4년 정도 지났기에 어느 정도 성과가 나타나야 하는 해가 되었다. 스마트벨리 사업이 진행되면서 사회적 이슈가 될 것이다. 첨단화·자동화되는 상품에 투입하여 일시적인 공급량이 많아지는 상품을 중심으로 새로운 상품 개발 시도가 빠르게 일어날 것이다.

3. PLS의 시행으로 식품의 안전 문제가 다시 부각되는 한 해가 될 것이다.

식품의 사고는 매년 터진다. 올해는 더 많이 농약문제가 이슈화될 것이다. PLS가 본격 시행되면서 소비자들이 불안하다는 말을 더 많이 하게 될 것이고, 우리 농산물에 대한 불신이 더 심해지는 한 해가 될 것이다. 식품에 대한 불안이 가중되면서 제대로 된 농산물을 찾기 위한 소비자가 더 많아질 것이다. 한번 믿기 시작하면 계속 찾는 소비자가 늘어날 것이다.

4. 농업의 새로운 변화, 메디치 효과가 나타날 것이다.

주체가 변하고 있다. 농업의 인력 대체가 빠르게 일어난다. 청년 농업인 사업이 2년을 맞이하면서 역동성을 가진 청년들이 새로운 변화를 시도할 것이고, 다양한 상품을 만들어낼 것이다.

농촌에 귀농인구가 많아지고, 그들이 가졌던 경험과 노하우, 추진력이 농업발전을 이끌 것이다. 사람의 융합으로 인해 농업의 변화가 가속화될 것이다.

5. 컨셉을 중심으로 카멜레온 존, 공간마케팅, O4O (Onelime for

Offline)가 실현될 것이다.

농촌의 공간마케팅, 팜파티 문화, 공간디자인이 중요해질 것이다. 농촌에 다양한 카페가 만들어질 것이다. 농가 맛집은 한계가 있었지만 카페는 누구나 만들어보고 싶어하는 것이기 때문에 농촌하우스에서 체험형 카페가 많아질 것이다.

농촌의 체험 형태도 점점 세포마켓과 같이 좁아질 것이다. 어린이를 위한 체험만이 아니라 엄마와 딸, 아빠와 아들의 체험, 도시락 체험, 외국인 체험 등 체험의 종류 및 고객 유형이 달라질 것이다.

6. 컨셉을 알리고자 하는 다양한 통합마케팅 커뮤니케이션이 활용될 것이다.

컨셉의 소통을 위해 동영상이 주요 이슈가 될 것이며, 백투더베이직 콘텐츠가 중요해질 것이다. 또한 동영상이 이슈가 되면서 새로운 주체가 만들어질 것이다.

7. FAHMR, 농업인의 HMR(Home Meal Replacement)시장 진입이 이슈가 될 것이다.

농업인들의 HMR 시장 진입에 대한 정보가 많아질 것이다. 농촌에서 직접 만드는 장아찌, 호박죽 등 가정 간편식 시장 진입에 대한 이슈가 많아질 것이다. 가공 상품의 원료를 앞으로 10%만 우리 것으로 바꿀 수 있다면 우리 농업의 미래는 밝아질 것이다. 생산꾸러미에서 가공꾸러미로의 변화가 많은 한 해가 될 것이다.

8. 세포마켓. 고객의 범위를 좁히게 될 것이고, 그것에 집중하는 마케팅을 할 것이다.

온라인 마켓의 한계성을 극복하기 위해서 프리마켓이 점점 많아질 것이다. O4O. 온라인과 오프라인의 통합연계마케팅이 활성화될 것이여. 고객 맞춤형 디자인이 나올 것이다. 한번 디자인하고 끝내는 것이 아니라 자기 상품을 어필할 수 있는 다양한 컨셉의 상품이 디자인이 될 것이며. 자기의 컨셉을 표현하게 될 것이다. 전 국민을 먹여 살리는 것이 아니라 나를 어필할 수 있는 상품을 만들고, 몇 명의 고객에게라도 나를 알리기 위해 노력할 것이다.

9. 상품에 대해 집중하는 한 해가 될 것이다.

이제 여러 가지를 생산하는 것은 한계가 있다고 느끼고, 상품의 전문적인 경영자로서 변화하기 위해 노력할 것이다. 이제 점점 정보가 오픈되면서 누가 어느 상품의 전문가라는 말을 듣게 되어 있으며 자기의 정체성, 생산의 컨셉을 알리기 위한 노력이 더 심화될 것이다.

컨셉을 가진 농업인. 그것을 위해 내 농산물의 매뉴얼화, 체계화가 이루어질 것이다. 컨셉을 저장하는 곳, 영농일지라는 명목으로 블로그를 시작하는 사람이 많아질 것이며, 농업을 시작하면서 자기 매뉴얼을 만드는 사람이 늘어날 것이다. 이제는 하나를 하더라도 제대로 해야 한다는 인식이 높아질 것이다.

10. 컨셉이 있는 농업, 개념 있는 농업, 농업의 가치, 농업의 인문학적 적용, 철학적 적용, 왜 이 일을 하는가에 대한 이슈가 점점 많아질 것이다.

농업을 바라보는 관점, 농업에 대한 이해에 대해 다양한 시각이 나올 것이며 이것에 대한 SNS토론의 이슈가 될 것이다.

2019년 농업의 현장 키워드는 보는 각도에 따라 다양하게 나올 것이다. 2019 코리아 트렌드와 농업현장의 접목, 앞으로 이랬으면 좋겠다는 것을 오늘 새벽 정리해 보았다. 물론 농업에서 더 많은 이야기가 있을 것이다. 그것은 각자 생각해 보는 각도에서 2019년 나의 경영키워드를 정리해보았으면 한다.

**[출처] [윤박사의 현장칼럼 746] 2019년 현장의 경영마케팅 키워드 10가지. (윤선마케팅네트워크)|작성자 웃음가득 윤선 박사**

'윤 박사의 현장칼럼 752'
농업인 브랜드 스토리는 어떻게 만들어지는가?

왜, 전남 보성 '우리원'에 가면 그들 부부, 아버지와 딸, 어머니와 딸의

딸 이야기에 공감하고 감동하며 그들의 팬이 될까? 왜, 어떤 사람은 호박이야기를 SNS에 계속 올릴까? 왜, 몇 십년동안 단감이야기를 할까? 왜, 농촌의 변화를 이야기하고, 어떤 사람은 축제를 하고, 파티를 하고, 공간을 꾸미는 일을 계속 표현하려고 할까? 자연 재배의 중요성, 가치를 왜 계속 소통할까?

농업인 브랜드 스토리는 어떻게 만들어지는가?

품질이 더 좋으면 브랜드 스토리가 만들어진다. 맞다. 품질이 좋아야 한다. 그것은 기본이다.

디자인이 예쁘면 브랜드가 만들어진다. 예쁘지 않은 것보다 예쁜 것이 낫다. 농업인에게 여쭤보면 우리 농산물은 예전보다 품질이 더 좋아졌다고 하고, 또 정부 지원으로 많은 돈을 들여 지자체들이 브랜드디자인을 했다. 그것 때문에 우리 농업의 브랜드 스토리가 만들어졌는가?

지금 우리 농업의 스토리, 진정 브랜드 스토리가 있는 농장은 어떤 곳인가?

농업인의 브랜드는 농업 경영자의 스토리, 그 사람의 열정과 농산물에 대한 가치 철학을 말하는 것에서부터 시작된다. 유기농을 하는 우리원은 아버님의 뒤를 이어 강선아 대표가 이제 자기의 브랜드를 만들기 시작했다. 브랜드 스토리텔링, 강대인 회장님은 몸으로 우리원, 우리 농업의 가치에 대해 브랜드를 만들고 사람들에게 그 이야기를 전달하였다. 그것이 진정한 브랜드 스토리이다.

단감 하나에 매달려 평생을 몇 십 년을 바쳐온 사람에게는 그들만의 브랜드 스토리가 있다.

브랜드가 무엇인가? 이 말은 저 집 것이라고 말의 뒤에 도장을 찍는 것이 아닌가? 그 상품에 대한 이야기, 분류, 식별하기 위해서 처음 시도되었다. 그 시도가 지금은 여러 가지 매체를 통해 브랜드의 이야기로 전달되고 있다. SNS는 브랜드 스토리를 전달하는 아주 좋은 수단이다.

스마트폰을 켜면, 수십 년을 한결같이 호박 하나에 매달려온 사람의 스토리가 보이고, 와인의 시장을 넓히기 위해 불철주야 뛰어다니는 사람이 있다.

오늘 아침 자연재배를 위해 노력하는 사람, 찐빵 하나로 스토리를 만든 사람, 떡의 명장, 먹고 싶은 욕구가 생기게 만드는 사람, 집빵 이야기를 하는 사람, 농촌의 변화를 위해 교육에 참여하는 사람들의 이야기가 있다.

그 사람들의 스토리가 어떻게 만들어지는가?

가장 중요한 스토리는 바로 그 상품, 그 일에 대한 자기 확신에서부터 출발한다. 돈을 벌기 위해서 이 일을 하는 것이 아니라 바로 내 일이 좋고, 이것이 의미 있다고 느끼기에 그것을 표현하고 싶고, 그것을 더 많은 사람들이 알아주었으면 한다.

나만의 것, 다른 사람의 시선보다는 내가 하는 일에 다른 사람을 맞추려고 하는 나나랜드를 실현하는 사람들의 이야기다. 그것에 대한 열정이 있을 때 사람들은 인정해 준다. 그곳에 스토리가 있다고 한다. 그 사람의 이야기를 들어보라고 한다.

브랜드 스토리텔링은 바로 그 사람, 상품의 이야기를 말하는(텔링) 것이다. 그것을 집중해서 말하기, 즉 농촌의 삶에 대해 말하고, 자기가 재배하는 것을 하나라도 더 많은 사람에게 먹도록 하기 위해서 무엇인가를 전달하고자 하는 열정, 그것이 쌓여 몇 십 년을 그 일에 매달리는 이야기를 일관성있게 전달하는 것이다.

SNS상에 어떤 사람은 자기의 여행 이야기, 일상의 소소한 이야기를 올리다가 반응이 없어 그만두지만, 어떤 사람은 내가 생각하는 상품, 그 상품의 스토리를 전달하는 수단으로 보고 누가 보든 보지 않든 내가 하고 싶은 이야기를 올린다.

그것이 오랜 시간 반복되다 보니 그 사람의 스토리가 된다. 그 사람만이 갖는 전통, 헤리티지가 되는 것이다.

브랜드 스토리는 그런 것이다. 지금 표현하는 하나의 SNS 글이 시간이 지나다 보니 브랜드 스토리가 되는 것이다. 우리나라 농업에 브랜드 스토리가 더 많이 만들어지고 더 많은 사람들의 가슴에 남았으면 좋겠다.

**[출처] [윤박사의 현장칼럼 752] 농업인 브랜드 스토리는 어떻게 만들어지는가? (윤선마케팅네트워크)|작성자 웃음가득 윤선 박사**

# 4.

# '창의적 손맛 사업'으로
# 호박손 달인 물, 액상차를 개발하다

## 여러분! 호박손을 아시나요?

호박손은 호박 덩굴이 뻗으면서 다른 물체에 감기는 끝부분을 말한다. 신기하게도 사람 손가락처럼 5줄기로 갈라져 뻗어나가는데, 그 모습 때문에 호박손이라는 이름이 붙여졌는지도 모르겠다. 호박손은 사람이 손으로 물건을 잡듯 다른 물체를 힘차게 휘어감으며 넝쿨을 뻗어나간다. 호박 육묘를 본밭에 정식한 후 한 달 정도면 호박 덩굴이 밭이랑을 덮을 정도로 쑥쑥 자라는데 7월이 지나 날씨가 더워지면 더욱 힘차게 뻗어나가 왕성한 생명력을 보여준다.

2011년 어느 늦가을이었다. 한 여성분이 전화를 걸어왔다. 임산부라고 밝힌 그분은 '호박손'을 구해달라고 사정을 하였다. 호박을 수확하고 난 빈 밭에는 시든 넝쿨밖에 없는데 막무가내로 호박손을 구

호박손도 사람 손처럼 줄기가 5개이다

해야 한다는 것이다. 그분은 호박손을 구입하려고 여기저기 알아보 았는데 호박손을 파는 데가 한 군데도 없었다며 호박손 구하기가 하 늘에 별 따기보다 어렵더라고 하소연을 하였다. 나는 호박도 아니 고, 호박잎도 아닌 호박손을 대 체 어디다 쓰려고 그러는지 궁금 하여 용도를 물어보았다. 그때까 지만 해도 호박을 추수하고 나면 먹지도 못하는 호박손이야 그냥 밭에 버리듯 방치했던 것이다.

호박손은 다른 물체를 스프링처럼 꼬불꼬불 휘어 감는다

그분 대답이 호박손이 임산부 의 배 뭉침과 통증을 완화해 주 고 조산이나 유산, 난산 방지에도 좋다는 것이었다. 임신을 한 후 찬바람이 들자 갑자기 배가 뭉치고 통증을 느껴 병원을 찾았는데 병원에서 여러 조치를 해도 별다른 차도가 없었다고 했다. 그러다가 지인을 통해 소문을 들으니 어느 임산부가 첫 번째 아이를 조산으로 실패하고 다시 아이를 가졌는데 배 뭉침이 심해 또 유산을 할까 두려워 병원에 갔지만 병원에서는 몸을 안정시켜야 한다는 말밖에는 특별한 약이 없다고 했다고 한다. 사방팔방으로 알아본 끝에 동의보감에 배 뭉침과 조산에 호박손이 좋다고 나와 있다는 걸 알고는 시골 호박 밭에 가서 호박손을 채취하여 햇볕에 말렸다가 차로 달여 먹고는 건강한 아이를 출산하였다는 것이다.

　나로서는 처음 들은 이야기이지만 호박이 여러모로 효능이 있다는 것을 알았다. 당시에는 밭에 남아 있는 호박손이 없어 도움을 드

'호박손달인물' 상표브랜드 스탠딩 파우치

'호박손달인물' 상표등록증

리지 못했지만 호박손의 효능을 알게 된 소중한 경험이었다. 알고 보니 호박손은 옛날부터 자궁 출혈이나 배 뭉침, 자궁 수축 방지 등에 효능이 있어 민간요법으로 오랫동안 사용되어 왔다고 한다. 호박은 정말 버릴 것이 없는 귀한 작물인 것이다.

다음 해부터는 그동안 밭에 버려졌던 호박손을 정성껏 채취하여 햇볕에 말려 100g씩 묶어 판매하기 시작했다. 호박손은 노지에서 왕성하고 힘차게 뻗어나갈 때 채취해야 품질이 좋다. 그 후 인터넷 댓글과 입소문이 퍼지면서 호박손을 찾는 임산부 고객은 하루가 다르게 늘어났다.

그러던 어느 날 홈페이지 게시판에 호박손에 대한 문의 글이 올라왔다.

"참샘골 사장님! 호박손을 가정에서 달여 먹기가 불편해요. 호박즙처럼 가공해서 판매하시면 안 될까요?"

"호박손 달인 물을 냉장고에 넣어두면 금방 맛이 변하고 이상해요."

"호박즙처럼 먹기 좋고 간편하게 만들어 주시면 안 되나요?"

많은 고객들의 요구사항이 계속해서 줄을 이었다.

나는 고객의 변화된 욕구에 맞추어 '호박손달인물' 상표를 특허청에 등록하고 액상차 품목허가를 받아 신상품 개발을 하기로 하였다.

그해 마침 충남 농업기술원과 서산시 농업기술센터에서 '창의적 손맛사업' 신상품을 공모하고 있었다. 나는 즉시 '호박손달인물'을 공모에 신청하여 사업 지원비 5천만 원을 받을 수 있었다. 거기에 자부담금 5천만 원을 보태 1억 원을 들여서 연구한 끝에 드디어 '호박손달인물' 액상차 상품을 개발하여 특허청에 상표브랜드를 등록하고 판매하기 시작했다.

이미 예측한 대로 임산부들의 반응은 뜨거웠다. 호박손 원재료가 딸려서 못 팔 정도였다. 지금은 전국적으로 몇 군데 호박손 취급 업체가 생겼지만 호박손은 우리 참샘골이 원조로 알려져 있으며 판매 순위로도 선두를 달려가고 있다. 참샘골농장의 호박손달인물은 노지에 자라는 호박손을 채취하여 햇볕에 적당히 말린 후 증기 압력솥에 달여 스탠딩파우치에 살균포장을 한다. 산모들을 위한 건강식품이라 호박손 외에 다른 첨가제는 일절 넣지 않는다. 오늘도 우리 참샘골은 많은 임산부들이 건강을 유지하여 예쁜 아기를 순산하기 바라는 마음으로 호박손달인물을 정성껏 생산하고 있다.

# 5.

# 호박농부 최근명, 명인으로 등극하다

**서산시는** 2012년 전국 최초로 농특산물 및 음식 분야 '서산 명인' 제도를 도입하기로 하고 조례를 만들어 서산명인을 선발하였다. 전국 최초로 서산명인 조례가 만들어 지기까지는 한 공무원의 농업 마케팅에 대한 열정과 노력이 있었기 때문에 가능했다. 당시 서산 시청 농정과 유통계 임종근 팀장이다. 지금은 공적을 인정받아 서 산시청에서 농식품유통과를 신설하고 승진시켜 초대 농식품유통과 장으로 농식품 분야 유통마케팅 발전을 위해 활발하게 활동하고 있 다. 최근에는 서산시 푸드플랜을 구축하고 농식품 통합마케팅에 성 과를 올려 2019 국제외식산업박람회에서 서산시가 대상을 수상하 여 농림축산식품부 장관상을 수상하기도 하였다.

나는 임종근 과장을 대한민국 최고의 농식품 가치 혁신 전문가로 존경하고 늘 소통하고 있다.

나는 호박농사를 시작한지 25년 만에 이완섭 서산시 시장님으로부터 '호박죽 명인' 인증서를 받았다. 우리 참샘골농원의 고구마&호박죽은 대량 생산되는 시중의 호박죽과는 달리 식품첨가제를 넣지 않고, 우리 농장에서 직접 생산하는 호박과 고구마만을 사용하였기 때문에 그 맛과 품질에 대해서는 누구보다 자신이 있었다. 열정을 가지고 한 우물을 판 결과 호박죽의 전문가로 인정을 받게 되니 하늘을 날아갈 듯 기뻤다. 그 후 현재까지 13명의 서산 명인이 탄생되어 서산시의 대표 농기업으로서 식품박람회와 온라인 상점 등을 통해 활발한 마케팅 활동을 펼치고 있다.

당시 신문에 보도된 기사 내용을 소개한다.

서산명인 4명이 이완섭 시장님한테 명인 인증서를 받았다

▲ 최근명–고구마&호박죽 "명인" 탄생

고부가가치 농업기술로 지역 농업발전을 선도하며 농촌의 변화를 선도해나갈 서산 농특산물 명인이 탄생됐다.

30일 서산시에 따르면 열정을 가지고 자신의 분야에 매진하며 고품격 농특산물 및 가공품을 생산하는 관내 농업인들의 신청을 받아, 관련 전문가 등으로 구성된 '서산시 명인심사위원회'의 엄격한 심사를 거쳐 최종 4명의 서산명인을 선정했다.

이번에 선정된 농특산물 분야 명인은 해당 상품의 지역성과 차별성, 희소성과 인지도는 물론 기능의 보호가치와 판로 확보, 사업육성 의지 등 다양한 항목에서 높은 평가를 받았다.


▲ 고구마&호박죽 제조 명인으로 지정받은 참샘골식품 최근명(58) 씨는 친환경 맷돌호박을 재배하면서 늙은호박의 상온 장기저장법 개발, 호박을 원료로 레토르트 간편식품인 고구마&호박죽을 생산하고 있다.

최근명 씨는 충청남도의 농어촌발전대상(창의개발 부문) 수상, 전국 홈페이지 경진대회 최우수상 수상, 대한민국 스타 팜 지정 등 화려한 경력을 보유하고 있으며 농촌진흥청의 전자 상거래 및 농산물 가공분야 사례 강사로 전국적으로 활동하고 있다.

그 후 2016년에는 서울 양재동 aT센터에서 열린 '2016 대한민국 식품대전'의 우수패키지 선발대회에 참여하여 최우수상을 수상하였다.

우수패키지 선발대회는 식품대전에 참여한 기업의 제품 중 사용성과 기능성 면에서 우수한 제품을 모범사례로 제시해 식품산업 전반의 마케팅 활동에 긍정적인 영향을 주고자 기획한 것이다. 식품대전이 열리는 4일 동안 방문한 관람객의 투표를 통해 선정한 것으로 우리 참샘골식품의 '고구마&호박죽'의 인기를 확실히 보여주었다. 바쁜 직장인이나 학생의 한 끼 식사대용으로 즐길 수 있도록 소량으로 포장한 것과 개봉의 편리성, 제품 특성에 대한 정보 전달이 잘 됐다는 평가를 받았다.

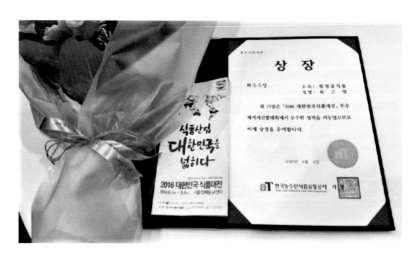

'2016 대한민국 식품대전'의 우수패키지 선발대회 최우수상 상장

'2016 대한민국 식품대전'의 우수패키지 선발대회 최우수상 수상

그리고 2017년에는 제10회 충청남도 정보화농업인 전진대회에서 '충남 정보화농업 명인'으로 선정되었다. 이 행사는 다가오는 4차산업 혁명 사회에 선제적으로 대응하기 위한 농업인의 소비자 마케팅 역량 강화와 스마트 농업 구현으로 농업인의 경쟁력 향상을 위해 추진된 것이다.

참샘골 홈페이지를 오픈하고 정보화 농기업을 경영한지 17년 만에 이번에는 충청남도 농업기술원으로부터 정보화 농업의 명인으로 인정받게 된 것이다. 예산에 있는 리솜스파캐슬에서 열린 전진대회에 참석하여 농업기술원 원장님으로부터 명인 인증서와 명인 패를 받고 인사말을 하였다.

"2000년 참샘골호박농원 홈페이지를 만들어 처음 오픈하고 1년 만에 호박 한 덩어리 파는 것으로 마수걸이를 하면서 10년 후 온라인 시장에서 대박을 칠 것이라고 예상했습니다. 그 후 전국농업인 홈페이지 경진대회에서 최우수상을 수상하며 정보화농업에 뛰어든 지 17년 만에 정보화농업 명인으로 선정되어 정말로 감회가 깊습니다."

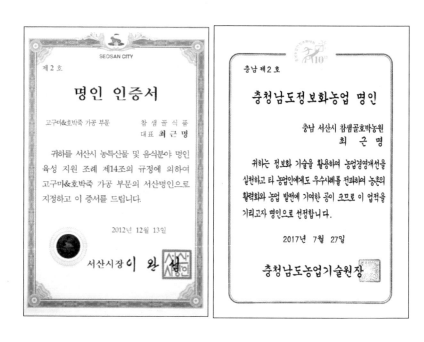

2012년 서산시에서 받은 명인 인증서    2017년 제10회 충청남도 정보화농업인
전진대회에서 받은 명인 인증서

# 6.
# 호박농부 최근명, 농어민 명예교사가 되다

2016년 충청남도 교육청 미래인재과에서는 관내 초중고 학생들에게 미래 농업에 대한 마인드를 고취시키고 지역 사회에 대한 정서적인 친밀감과 안정감을 증진시킬 목적으로 농어민 명예교사 제도를 도입하였다. 학생들과 선생님으로부터 큰 호응을 받으며 지금까지 4년째 시행하고 있는 충남 교육청의 농어민 명예교사 추진 배경과 운영 개요는 다음과 같다.

---

**– 충청남도 교육청의 농어민 명예교사 추진배경**

ㅁ 초 · 중 · 고 학생들의 다양한 진로 탐색을 위한 직업체험 기회와 확대를 도모하고 친환경 농업의 중요성을 인식시키기 위한 농어민 명예교사의 필요성 대두

---

ㅁ 온 마을이 함께하는 교육 공동체 구축으로 텃밭 정원 운영을 통한 노작교육의 기반을 조성하고 바른 인성에 기반한 따뜻한 사회 구현을 위해 사회적 노력 필요

ㅁ 학교 텃밭 정원 가꾸기 교육을 통해 초 · 중 · 고 학생들에게 원예 프로그램 보급으로 농업, 농촌의 이해 증대


– 농어민 명예교사 추진방침

ㅁ 지역의 친환경 농산물 재배 경험을 통해 미래 농업에 대한 마인드 고취와 농업관련 진로교육 실시

ㅁ 친환경 농산물 및 식생활과 연계한 농어민 명예교사의 학교교육 참여 유도

ㅁ 선발된 명예교사의 교육 및 학교 담당자와의 협의회 개최를 통한 사업취지 설명 및 원활한 추진 안내


– 농어민 명예교사 연수 운영 개요

ㅁ 농어민 명예교사들을 대상으로 학교 텃밭정원 운영 컨설팅이나 학교 선생님들과 협력수업 진행을 위해 필수적인 내용안내

ㅁ 오감을 활용한 학교 텃밭정원 가꾸기 활동을 통해 자연과 친해지고 학생이 행복한 교육실현 안내

ㅁ 학생들이 작은 농사 교육공동체를 통하여 정서적인 친밀감과 안정감을 갖도록 하고 각종 채소와 작물 재배를 통해 학생들이 먹거리와

친해질 수 있는 계기 마련

　□ 학생들이 직접 자신의 손으로 농사를 지어 먹거리를 얻는 즐거움

을 느끼고 식품이 어디에서 어떻게 생산되는지를 경험할 수 있는 자료

를 안내

충남 농어민 명예교사 연수교육을 마치고 김지철 교육감님에게 위촉장을 받았다

충남 농어민 명예교사 연수교육을 마치고 김지철 교육감님에게 위촉장을 받았다

나는 2016년부터 2019년 현재까지 농어민 명예교사에 위촉되어 연수교육을 받고 활발한 활동을 펼치고 있다. 서산시 관내 지역의 서산초, 대진초, 명지초, 대산중학교 등 4개 학교를 배정받아 학교 텃밭 가꾸기와 우리 농산물을 이용한 전통음식 만들기 프로그램을 실시하여 선생님들과 학생들로부터 큰 호응을 받았다. 학교 텃밭 가꾸기는 학교마다 환경이 조금씩 다르지만 보통 10평에서 30평 이내의 작은 규모다. 보통 4월쯤 봄에 시작하여 10월, 가을까지 2모작으로 끝난다.

학교 텃밭에 심는 작물은 친환경 농법으로 재배하기 좋은 작물을 선택하는 것이 좋다. 학교의 환경에 따라 조금씩 달리하여 고구마, 방울토마토, 상추, 가지, 호박 등 병충해에 강한 작물을 선택하고 육묘용 포트에 키워서 모종을 한다. 그리고 학생들과 함께 직접 텃밭을 만들고 채소 모종을 심고, 지주 대를 세우고, 풀을 뽑아주며 기획된 프로그램에 의하여 관리한다. 학생들이 제일 좋아하는 것은 가을이 되어 여름 동안 기른 농산물을 수확할 때이다.

학생들은 자신이 애지중지하며 직접 땀 흘려 가꾼 호박을 따면서 기쁜 마음에 소리 높여 자기 것을 자랑하기도 하였다.

"선생님, 제가 심은 호박이 제일 커요."

대산중학교 학생들과 텃밭을 만들고 기념 촬영

"아니에요! 여기 더 큰 것 있어요!"

"내 것은 못생겼어요!"

각자 수확한 호박을 서로 비교해보면서 아이들은 한바탕 야단법석을 떨며 난리가 난다. 이럴 때 나는 아이들한테 농작물 가꾸기 현장실습의 의미를 깨닫도록 한마디 해준다.

"학생농부 여러분!"

"예~!!"

"농부는 씨 뿌리고 거두어들일 때가 제일 행복해요! 학생 여러분은 지금 수확하는 기분이 어떠세요?"

"행복해요! 정말 좋아요!"

나는 우리 미래의 농업을 짊어질 아이들에게 텃밭농사를 통해 농업과 농촌의 소중함과 가치를 가르쳐주는 것이 무엇보다도 보람되고 뿌듯했다. 앞으로도 기회가 되는 대로 농어민 명예교사로서 활동하며 학생들에게 농촌 사랑의 마음을 키워주기 위해 일조할 것이다.

서산초등학교 학생들이 학교 텃밭에서 자신이 기른 옥수수를 수확하며 기뻐하고 있다

# 5장

## 회포마을에부는
## 마케팅 바람

# 1.

# 고객은 나의 스승, 호박 체험장을 개설하다

**고객들의 제안으로** 호박즙과 호박죽을 개발하여 온라인을 통해 판매하며 나름 승승장구하고 있을 때였다. 2003년 가을, 호박만 팔때부터 단골이던 한 젊은 부부 고객이 참샘골 홈페이지 게시판에 새로운 제안을 해왔다.

"아이들을 데리고 호박농장에 가서 체험을 할 수 있을까요? 아이들과 호박도 직접 따 보고, 호박 요리도 만들어 보고 싶어요."

나는 고객의 갑작스런 호박농장 방문 제안에 많은 고민을 해야했다. 우선 아내와 의견을 나누어 보았더니 아내는 강력하게 반대를 하였다. 체험 방문단을 맞이하려면 먼저 다양한 프로그램을 준비해야 하는데, 그럴 시간이 있겠느냐는 것이었다. 또 손님들이 방문하게 되면 우리의 사생활은 포기해야 하지 않겠느냐는 우려도 있었다.

나는 다시 깊은 고민에 들어가 생각해 보았다. 고객이 농촌 현장에 와서 직접 호박을 따보고 호박요리를 만들어 먹는 것이 고객의 입장에서는 얼마나 도움이 될까, 또 나에게는 이득이 될까 생각하고 또 생각해 보았다. 그러다가 드디어 답을 찾았다. 나도 모르게 혼자말로 중얼거렸다.

"그래, 참샘골농장은 내가 주인이지만, 내가 생산한 상품은 소비하는 고객이 주인이다."

변화하고 있는 소비자의 욕구와 트렌드에 부응해야 함을 깨닫게 된 것이다. 또 고객이 농장을 찾게 되면 호박을 심고 호박꽃이 피는 생육과정과 호박 수확 과정을 직접 체험함으로써 우리 농장과 호박 제품에 대해 더 잘 이해할 수 있게 될 것이라고 생각했다. 그리고 호박 요리를 만들고 호박을 이용한 여러 가지 가공품을 만드는 체험 프로그램을 운영하게 되면 체험비 수입도 올릴 수 있을 뿐만 아니라 상품 홍보와 판매에도 도움이 될 것이다. 이것이 바로 별도의 광고 없이 '돈 안 드는 마케팅'이라는 것을 다시 한 번 느끼는 순간이었다. 나는 아내가 알아듣도록 설득하여 그 다음 주말에 처음으로 한 가족의 방문 체험 고객을 맞이하였다.

삭막한 도시에서만 살다가 농촌에 온 아이들은 드넓은 자연에서 뛰어 놀며 신바람이 났다. 함께 온 어른들은 호박밭에 가서 호박을 따다가 호박칼국수와 호박전을 만들어 먹으며 노오란 호박 색깔이 예쁘고 호박 향이 그윽하다고 너무나 좋아했다. 돌아갈 때는 내 예측대로 호박 가공 상품도 한보따리 구매해 가지고 갔다.

아이들이 호박등불 만들기 체험 후 각자 만든 호박등불과 함께 포즈를 취하고
있다

이제는 물건을 파는 데서 그치지 않고 고객을 위한 서비스, 3차 산업까지 진입해야 하는 것이다. 나는 고객들의 취향에 맞춘 체험 프로그램의 필요성을 인식하고, 호박씨 파종하기, 호박 수확하기, 호박등불 만들기 체험, 호박칼국수, 호박전, 호박떡, 호박게국지, 호박피자 만들기 체험 등 다양한 프로그램을 준비하기로 하였다.

그렇게 해서 호박 제품 판매뿐 아니라 호박을 이용한 체험관광산업으로 눈을 돌리게 되었다. 이 모든 것은 고객들의 요구를 적극적으로 수용한 덕분이었다. 고객은 나의 스승과 같은 존재이다.

호박 체험 프로그램을 만들어 홈페이지에 올리자마자 개인별, 단체별로 신청이 폭주하기 시작했다. 주말이면 관광버스까지 대절하여 내려오기도 하였다. 초창기에는 체험 장소가 별도로 준비되어 있지 않아 그냥 호박밭에다 천막을 치고 체험 프로그램을 진행했다. 그래도 고객들은 농촌의 자연과 정이 살아있다며 좋아했다.

그러나 비가 오거나 바람이 세게 부는 날에는 체험 프로그램을 진행할 수가 없어 고객들이 되돌아가 버리면 준비한 재료를

버리게 되어 낭패를 보기도 했다. 그래서 생각해낸 것이 비가림 원두막 체험장이었다. 방부목을 구입해 동네 목수한테 도급을 주어서 뚝딱 뚝딱 20일 만에 15평짜리 원두막 체험장을 만들었다. 버스 한 대 45명의 인원이 한꺼번에 체험을 할 수 있는 규모로 충분하였다. 이제는 비가 오거나 햇볕이 뜨거워도 걱정하지 않고 비가림 체험장에서 안전하게 프로그램을 진행할 수 있게 된 것이다.

체험을 하러 온 아이들은 물론 동행한 어른들까지 밭에 들어가 호박을 따고, 원두막에 와서 호박껍질을 벗겨 호박전을 부치며 즐거워했다. 직장이나 동호회 단위의 성인 체험객들도 방문하여 도시에서 경험하지 못하는 소중한 체험을 한다며 고마워하기도 하였다.

## 2.

# 관광객이 늘어나면서 회포마을과
# 6차 산업을 연계하다

**그동안 우리 마을에서도** 여러 가지 특수작물을 재배하는 농가들이
있었지만 몇 년이 지나면서 땅의 지력이 떨어져 연작 피해를 입는
농가가 증가하였다. 젊은이들은 점점 농촌을 떠나고 노인들만 남
아 고령화된 농촌에서 마땅히 재배할 것도 없었지만, 농사를 지어
도 판로 확보가 되어있지 않아 소득으로 이어지지 않는 경우가 많
았다.

그렇게 참샘골농장이 위치한 회포마을은 그때까지도 그저 자급자
족 수준의 농사만 짓는 1차산업에 머물러 있었다. 나는 우리 참샘골
호박농장의 관광 체험 프로그램과 연계하여 마을 사람들이 재배한
작물들을 체험객들에게 팔 수 있도록 주선하였다.

어느 날 관광버스 2대의 방문객이 들어와 체험을 진행하고 있는
데 회포마을 한영희 이장님이 찾아오셨다. 이장님은 오시자마자 요

즘 호박농장에 웬 관광객이 이렇게 많이 찾아오느냐고 물으셨다.
나는 마침 잘 되었다는 생각으로 이장님께 말하였다.

"네~! 이장님. 2000년 서해안 고속도로가 뚫리면서 남해나 동
해로만 가던 관광객들이 서해안으로 몰려오고 있어요. 다음 주말도
관광버스 2대가 들어오기로 예약되어 있으니 마을 주민들께 우리
마을의 특산물인 마늘, 고추, 들깨 등을 소포장하여 가져오라고 방
송해 주세요."

다음 주말이 되어 마을 주민들이 각자 가져온 농산물을 호박 관

2003년 서산시 농업기술센터에서 지원해준 '호박 전통음식 체험장'에서 송금례
선생님이 우리맛 연구회 회원님들에게 호박요리 강습을 하고 있다

련 상품과 함께 나란히 진열을 하였다. '맞춤형 로컬 푸드 장터'가 저절로 만들어진 것이다. 호박농장에서 체험을 마친 관광객들은 마을 주민들이 정성껏 키운 농산물을 보고 신토불이 식품이라 좋다고 하며 한보따리씩 구매해 갔다. 그러자 이장님과 마을 주민들은 점점 농촌체험관광 사업에 관심을 갖기 시작했다.

마침 2003년 서산시 농업기술센터에서 지원해준 '호박 전통음식 체험장'이 정식으로 개장하면서 도시민 체험 방문객이 더욱 늘어나기 시작했다.

호박을 생산하고 가공상품을 만들어 판매하면서 호박농장 체험 진행까지 우리 부부 둘이서 다 소화시키기에는 너무 힘들었다. 나는 호박 체험관광 6차산업을 마을과 연계하기로 결심하고 이장님과 협의하였다. 마을 총회에 안건을 올리자 연세가 드신 노인들은 아직도 다가올 6차산업의 앞날을 이해하지 못하고 반대를 하시는 분도 있었다. 나는 우리 호박농장

회포마을 마파지고개 입구에 체험관광마을 간판을 설치했다

의 사례를 보여주며 일부 반대하는 주민들을 설득하여 과반수 찬성으로 동의를 받았다.

그렇게 해서 '사계절 호박이 익어가는 마을'로 모토를 정하고 본격적인 농촌체험 프로그램을 개발하였다. 봄, 여름, 가을 계절에 맞추어 호박씨 포트에 파종하기, 호박잎 따기, 호박 수확하기와 병행하여 직접 딴 호박을 재료로 호박 전통음식 만들기 등을 진행하였다. 겨울에는 호박 저장실 견학 프로그램을 만들어 좋은 호박 고르기와 호박 보관 방법 등도 알려주었다.

회포마을 입구부터 마을안길 2.5키로 구간에 벚꽃나무길을 조성하였다

한편 내가 개발한 늙은호박(맷돌호박) 흑색비닐 멀칭 재배법을 이웃 농가에 알려주고 호박 재배계약을 맺어 우리 참샘골식품에 납품할 수 있도록 하였다. 호박을 생산하는 마을 농가는 계약재배로

인해 안정된 소득을 올릴 수 있고, 우리 참샘골식품에서는 가까운 곳에서 원료를 확보할 수 있게 된 것이다. 또한 소비자는 안전한 웰빙식품을 일 년 내내 언제든지 공급받을 수 있게 되었다. 회포마을에 농촌융복합산업의 협동체제가 갖추어진 것이다.

이제 회포마을은 2008년 다목적체험관이 준공되어 500명의 체험 방문객이 다녀간 것을 시작으로 매년 수천 명의 방문객이 찾아오는 농촌체험 휴양마을로 성장하였다. 다목적체험관은 숙박시설도 갖추고 있어 당일 체험뿐만 아니라 농촌의 분위기를 느끼기 원하는 고객들이 며칠씩 머물다 가기도 한다.

2014년도에는 '행복마을 가꾸기' 농촌체험 분야에서 충청남도 최우수상과 농림축산식품부 우수마을상을 수상하여 500만 원의 상금을 받기도 했다. 그리고 2017년에는 6,000여 명의 체험객이 다녀가는 성과를 이루어 이제 회포마을은 명실공히 농촌융복합산업(6차산업)의 중심에 서게 되었다.

# 3.

# 서산시 농촌체험관광 협의회 초대 회장이 되다

**2000년대** 서해안 고속도로가 개통되면서 그동안 동해나 남해 등지로 향하던 관광객들의 여행 패턴이 바뀌어 서서히 서해안으로 몰려들기 시작했다. 그러나 그 당시 서해안에 위치해 있는 각 도와 시·군 지자체, 서산시 관내에서는 관광객을 맞을 준비가 전혀 되어 있지 않았을 뿐만 아니라 농촌 체험관광산업에 대한 인식이 없었다. 우리 참샘골 호박농장의 체험 프로그램은 그만큼 앞선 것이었다.

어느 날 참샘골 호박농장에서 관광버스를 타고 온 체험객들이 호박 전통음식 만들기 체험을 하는 모습이 T.V에 방영되었다. 그때 마침 조규선 서산시장님께서 그 방송을 시청하고 계셨던 모양이다. 다음날 시장님께서는 시청 관광산업과 행정공무원들을 참샘골 호박농장에 보내어 농촌 체험관광의 실태를 파악하게 하셨다. 그 후 시장님께서는 나를 강사로 초청하여 팀장, 과장급 공무원들에게 교육을 해달라고 하셨다. 나는 태어나서 처음으로 강의를 해보는 영광을 안게 되었다. 그것도 내가 하는 사업에 도움을 받기 위해 드나들던 시청의 행정공무원들 앞에서 말이다.

당시는 빔 프로젝트도 없어서 손 제스처와 육성만으로 강의를 했다. 강의 주제는 '서해안 시대가 농촌 체험 관광을 부른다'였다. 1시간 동안 계속된 강의가 끝나자 우레와 같은 박수가 이어졌다.

그 일을 계기로 서산시에서는 농촌 체험관광에 관심을 가지고 지원을 하기 시작했다. 이후 참샘골 호박농장을 비롯한 8군데 농어촌 체험관광마을을 지정하고 3백만 원짜리 대형 간판을 만들어 주었다. 이제는 우리 회포마을뿐만 아니라 서산 지역 곳곳에 농촌 체험 관광마을이 생기게 된 것이다. 그리하여 나는 농촌체험관광 사업의 선두 주자로서 2003년부터 2008년까지 서산시농업기술센터 농촌 체험관광 협의회 초대회장으로 추대되어 5년 동안이나 회장을 역임하였다.

당시 우리 참샘골농원 외에는 서산시에 한 군데도 없던 농촌 체험관광마을이 지금은 8군데로 늘어나고 교육농장 6곳, 농가체험농장 14곳 등 약 20군데가 생겼다. 농어촌 체험 프로그램도 고구마 캐기, 감자 캐기, 육쪽마늘 캐기, 손 모내기, 벼 베기, 갯벌체험과 한과 만들기, 나무공예, 흙공예, 한지만들기, 천연염색체험 등 다양한 체험을 추가하여 '정과 멋이 살아있는 곳 서산으로 오세요!' 프로그램 소개 책자를 만들어 도시민들에게 홍보하여 서산시 농촌체험관광산업이 활기차게 돌아가고 있다.

초대 회장을 역임하면서 한 가지 잊히지 않는 것이 떠오른다.

그 당시는 체험농장이나 체험마을도 활성화 되지 않은 상태여서 농촌체험 프로그램이 서산시민들에게는 생소하기만 했다. 어떻게 하면 경험이 없는 체험농장주와 마을대표들이 체험객인 소비자들과 실전을 해보고 배울수 있을까 고민하던 중 박종신 서산시농업기술센터 선생님과 협의하여 '서산시 농촌체험 프로그램 한마당' 축제를 호수공원에서 열기로 기획하고 2일 동안 행사를 대성황리에 마쳤다.

농촌체험프로그램이 생각보다 의외로 시민들과 학교 학생들에게 인기가 대단했다. 행사에 참여한 체험농장과 체험마을 대표들도 직접 체험객들과 프로그램을 진행해 보고 자신감을 키우고 홍보 마케팅을 배우는 계기가 되었다.

# 4.

# 호박으로 회포마을을 명소로 만들다

**내가 살고 있는 회포마을은** 서해 바닷물이 마을 어귀까지 들어왔다 다시 돌아나간다고 하여 회포(回浦)라고 불려왔다. 행정구역 이름 은 충남 서산시 대산읍 운산리 5리이다. 간척사업으로 이룬 드넓은 농경지와 아름다운 전원풍경은 마음까지 평온하게 해준다.

전형적인 농촌이었던 회포마을이 지금은 호박, 호박고구마, 고 추, 마늘 등 특산물과 벼농사 등을 활용하여 도시민이나 학생들 이 다양한 체험을 할 수 있는 프로그램을 개발하여 운영하고 있다. 2003년 서산시 농업기술센터로부터 전통음식 체험장으로 지정받은 것을 시작으로 2004년에는 농협중앙회로부터 팜스테이 마을로 지 정되었고, 2005년에는 행정자치부로부터 정보화마을 지정, 2008 년 농림부의 녹색농촌 체험마을 지정, 2010년에는 서산시 농어촌 체험 마을로 지정받았다.

체험관광 프로그램을 위한 '회포마을 시골 정거장' 안내도를
나무 간판으로 만들어 세웠다

트랙터를 연결하여 만든 회포마을 관광열차

나는 우리 참샘골호박농원의 체험 행사와 온라인 판매를 하는 바쁜 일과 중에도 회포 녹색농촌 체험마을 위원장을 맡아 마을의 여러 행사들을 기획하고 진행하는데 열정을 쏟고 있다. 우리 회포마을의 주요 체험활동을 보면 다음과 같다.

'덜커덩덜커덩~시골정거장'은 트랙터로 만든 관광열차를 타고 망일산 정거장, 참샘물 정거장, 호박농장 정거장, 대호나루터 정거장, 용머리 정거장, 파크골프 정거장 등 6곳의 시골정거장을 돌며 그곳에 얽힌 이야기를 듣는 프로그램이다. 마을을 한 바퀴 돌아보면서 농촌의 자연과 문화를 체험할 수 있고, 친환경 토종잔디로 조성된 5,000평의 소나무 숲속 9홀 골프장에서 쉽고 재미있게 파크골프도 치며 즐길 수 있다.

호박칼국수 만들기 준비 재료

봄에는 전통 줄모내기 방식의 '손 모내기 체험'을 하며, 가을이 되면 벼 베기, 황토 땅에서 친환경농법으로 재배한 고구마 캐기, 친환경 키토산 농법으로 재배하고 있는 맷돌호박 수확하기를 체험할 수 있다. 또 직접 수확한 맷돌호박을 재료로 호박칼국수, 호박전, 호박식혜, 호박피자 만들기 등의 체험도 할 수 있다.

맷돌호박은 과육색깔이 선명하고
호박 향이 그윽하며 식감이 쫄깃하고 맛있다

호박 과육을 넣고 반죽한 도우를 피자 판에 맞게 펼친다

호박을 섞어 반죽한 피자도우 위에 준비된 토핑을 얹고
맨 위에다 호박슬러시로 마무리한다

호박 과육을 넣은 반죽을 한 수저씩 떠 넣어
예쁜 모양으로 호박전을 부친다

노오란 호박전은 입안에서 착 달라붙으며
구수한 호박 향이 향수를 불러온다

맛깔스런 음식을 마을 주민들과 함께 요리하여 맛볼 수 있는 '호박요리 음식체험'은 우리 농산물 먹거리 체험으로 인기가 대단하다. 어른들은 호박전, 호박칼국수를 만들며 추억에 젖는 이들도 있고, 아이들은 아이들 나름대로 호박피자를 만들며 즐거워한다.

무청, 배춧잎, 호박과육, 능쟁이 게,
붉은 고추, 다진마늘, 생강 등
양념을 넣고 버무린다

숙성된 호박게국지를 뚝배기나 냄비에
담아 쌀뜨물을 넣고 쩌먹으면 더욱 깊은
맛이 난다

또 서산 지역에서 오랫동안 전해 오는 향토음식으로 게국지가 있다. 게국지 만드는 방법은 김장철에 배춧잎과 무청, 호박과육을 두툼하게 썰어 넣고, 서해 갯벌에서 잡아온 능쟁이 게와 버무려 숙성시킨다. 어느 정도 숙성이 된 후 뚝배기에 담아 쌀뜨물을 붓고 쩌먹으면 입맛 없는 사람도 밥 두 공기를 비울 정도로 맛있다고 소문이 나있는 음식이다. 회포 체험마을 프로그램에 이 호박게국지도 포함시켜 지금은 도시에서 온 관광객들에게도 호평을 받고 있다.

음력 정월 대보름과 2월 초하룻날에는 온 마을 주민과 방문객이 모여 마을의 화합과 단결을 도모하고 안녕과 풍년을 기원하는 '볏가

리축제'가 열린다. 회포마을에서는 체험객들을 위해 가족의 건강과 소망을 비는 가족 단위의 볏가릿대 세우기 체험과 달집태우기, 쥐불놀이 등의 프로그램을 준비하여 진행하고 있다.

2004년에는 회포마을이 팜스테이 마을로 지정받으면서 민박을 할 수 있는 시설도 마련하였다. 그리고 빔 프로젝트, 음향시설, 샤워실, 주방 등 최신시설을 갖춘 회포 다목적체험관도 지어 단체 방문객들이 이용할 수 있도록 운영하고 있다.

나는 체험행사를 준비하고 진행하는 한편 2011년 제1회 농촌사랑 경진대회에 나가 우리 회포마을에서 시행하고 있는 '시골정거장' 체험 프로그램을 스토리텔링으로 발표하여 은상을 수상한 바 있다. 또한 2010년에는 최우수 정보화마을상을 수상하였고 2015년도에는 충청남도 행복마을가꾸기 부문에서 최우수상을 수상하기도 했다.

한편 서울메트로(현 서울교통공사), KT 서산지사 등과 도농 교류 차원에서 자매결연을 맺어 정기적인 방문이 이루어지고 있다. 또 대산초등학교, 대진초등학교, 명지초등학교와도 1교1촌 자매결연을 맺어 학생들의 체험학습활동 등에 도움을 주고 있다. 이제 회포마을을 찾는 방문객의 수는 연간 5,000~6,000명 정도로 증가하였고 앞으로 그 수는 더욱 늘어나리라고 본다. 계속해서 호박을 이용한 프로그램을 개발하여 명실상부한 호박의 명소로서 그 명성을 유지해 갈 것이다.

# 5.

# 참샘골 맷돌호박, T.V 등 방송 매체에 단골로 등장

 '호박이 넝쿨째 굴러온다'는 속담은 뜻밖의 큰 횡재를 한다는 뜻이다.

 앞서도 얘기한 바와 같이 1999년도 국내 최초로 늙은호박 상온 장기저장 기술 개발에 성공한 것이 알려지면서 언론과 방송에 출연하게 되었다. 유명 작가들이 취재차 찾아오고 그 방송을 본 사람들이 전국에서 참샘골호박농원으로 몰려들었다.

 2000년 호박이 누렇게 익어가던 가을, 'KBS 6시내고향'의 이지은 리포터와 취재진이 방문하여 '어느 농부의 호박사랑'이라는 주제로 촬영을 하여 첫 방송이 나갔다. 방송에 나가면 홍보가 될 것이라고 어느 정도 예상은 했지만 결과는 대박이었다. 그해 농사지은 5,000개의 호박이 방송이 나가고 한 달 만에 절반이 팔려나갔다. 그야말로 '호박이 넝쿨째 굴러온' 것이다.

 2011년 1월에는 같은 프로 '6시내고향'에서 '호박으로 인생 역전,

호박명인'이라는 제목으로 지금은 고인이 되신 탤런트 박용식 씨와 함께 어머니가 만들어 주시던 것처럼 가마솥에 호박죽을 만드는 모습을 재현하였다. 방송이 나가자 고구마&호박죽 상품 주문이 엄청나게 폭주했다. 그렇잖아도 겨울에는 체험 프로그램을 찾는 관광객은 줄고 주로 호박죽, 호박미인 등 호박제품의 생산에 몰두하고 있었는데, 방송 이후 한 달 동안은 계속해서 호박죽을 만들어야 했다.

때맞춰 웰빙에 대한 관심이 증가하면서 호박이 우리 건강에 좋은 식품이라는 것이 널리 알려졌다. 그러다 보니 호박이 익어가는 가을이 오면 여러 방송국 작가들이 앞다투어 호박농장 촬영을 요구해와 가만히 있어도 연중 2~3회씩 참샘골호박농장이 방송을 타게 되었다.

2011년 1월 20일에 방영된 6시내고향 '호박으로 인생 역전, 호박명인' 영상

2000년도 '6시내고향'에 출연한 것을 시작으로 '고향은 지금', '생생정보통', '무엇이든 물어보세요', '도시탈출', '특집다큐', '천기누설' 등 현재까지 약 60회 정도 T.V방송에 출연하였다. 또한 '아침마당', '아침뉴스', '만물상' 그 외 특집방송 등 생방송에도 10번이나 출연하여 유튜브 동영상에서도 현재 몇 만 번의 조회 수를 기록하고 있다. T.V방송에 단골로 출연하다 보니 유명 연예인들과도 가까워져 어떤 때는 내가 연예인이 된 것 같은 착각이 들 때도 있었다. 서산시내만 나가도 나를 알아보고 사진을 함께 찍자는 사람이 있을 정도다.

2013년 12월 12일 TV조선 '만물상' 생방송 촬영 후 탤런트 이광기, 안문숙과 함께

2017년 10월 15일 채널A방송 '시골에 산다' 촬영 후 탤런트 이상인과 함께

– 늙은호박, 타임지가 선정한 세계 10대 건강식품으로 뜨다

늙은호박이 「타임」지가 선정한 세계 10대 건강식품이란 것을 알고 계셨나요?

늙은호박은 노화방지와 항암효과 뿐만 아니라 혈관 질환을 예방해 주며 피부미용에도 탁월한 효과가 있다는 것이 밝혀졌다.

다음은 타임지에서 발표한 늙은호박의 효능이다.

**변비 예방. 변비 해소**

늙은호박에는 카로티노이, 식이섬유, 미네랄 성분이 다량 함유되어 있어 위장 운동을 활발하게 해주어 변비를 막아주는 효과가 있다.

**시력 보호. 야맹증 개선**

늙은호박은 비타민A와 비타민E의 함유량이 다른 과일이나 채소보다 월등하게 높다. 그렇다 보니 시력이 떨어지는 것을 예방하고 야맹증 개선에도 도움을 준다.

**피부미용에 탁월한 효과**

늙은호박은 비타민A와 비타민B가 풍부하다. 이 성분들이 피부를 희게 만드는 미백효과를 가져다주며 피부 트러블을 진정시키는데도 효과가 있다.

그 외에도 베타카로틴 성분이 다량으로 함유되어 있어 피부재생과 탄력에 아주 탁월한 효과를 보여준다.

### 다이어트 효과

늙은호박은 생긴 것과 다르게 열량이 아주 낮고 섬유질이 다량 포함되어 있어 조금만 먹어도 포만감을 주기 때문에 다이어트에 좋다. 또한 늙은호박을 먹으면 몸속에 축적되어 있는 노폐물의 배출을 도와주기 때문에 살을 빼고자 하는 분들에게 아주 좋은 음식이다.

### 혈관질환 예방

늙은호박의 효능은 장 속에 지방이 쌓이는 것을 막아주고 체내에 좋지 않은 콜레스테롤 수치를 낮춰주고 포화지방산을 없애주어 피를 맑게 해준다. 그러므로 심장병과 뇌졸중 등 여러 혈관질환을 예방하는데 아주 큰 도움을 준다.

### 노화방지와 항암효과

늙은호박의 주성분인 베타카로틴이 인체 노화와 각종 질병을 유발시키는 활성산소를 없애주는 역할을 한다. 여기에 늙은호박 성분 중에는 항산화 작용을 하는 루테인과 알파카로틴이 적정하게 함유되어 있어 노화를 늦추는데 도움을 주고 암세포의 증가를 억제하여 항암효과도 있다.

### 당뇨 예방

늙은호박은 우리 몸의 나트륨을 배출시키는 작용을 도와준다. 또한 칼륨이 풍부하여 혈당 수치를 조금씩 오르게 해주기 때문에 어느 식품보다 당뇨 예방에 탁월한 효과를 보인다.

가을에 수확한 맷돌호박을 상온저장실로 운반하고 있다

# 6장

## 농촌융복합산업 활성화로 주민 모두가 잘사는 공동체 건설

# 최근명, 농촌융복합산업(6차산업)
# 공로로 '대통령상'을 타다

**농촌융복합산업이란** 바로 1차산업(호박 생산)+2차산업(호박 가공)+3차산업(호박 체험)을 합친 6차산업을 가리키는 것이다. 얼마 전까지만 해도 농촌은 그저 농산물만 재배하는 1차산업에 머물러 있었으나 소비자들의 농식품에 대한 욕구 변화와 온라인시장의 활성화, 그리고 도로 확장으로 전국이 1일 생활권이 되면서 2차산업, 3차산업의 현장으로 급성장하였다.

나는 급변하는 정보화 시대를 맞이하여 농촌의 열악한 정보화 시스템 구축에 앞장서면서 참샘골호박농원(www.camsemgol.com) 홈페이지를 2000년도에 개설하였다. 그 후 2005년도에는 우리 참샘골농원뿐만 아니라 회포마을 전체의 정보화를 위해 행전안전부로부터 지원을 받아 회포정보화마을 정보화센터를 구축하였다. 앞서도 얘기했지만 나는 정보화 시대에 발맞춰 고객들과 커뮤니케이션으로 소통하면서 소비자의 트렌드 변화를 읽고 호박만 팔던 1차산업을 뛰어넘어 호박으로 가공 상품을 만들고 체험고객들을 마을과 농장으로 유치하여 일본처럼 일찍부터 6차산업에 불을 지펴왔다.

그 결과 그동안 일궈온 농촌융복합산업에 대한 공로를 인정받아 2013년에 농림축산식품부에서 주관하는 제1회 6차산업 우수 경진대회에서 '대상'을 수상하였다. 그리고 2017년에는 농림축산식품부 농촌융복합산업 성과 보고회에서 6차산업 발전에 기여한 공로로 '대통령 표창'을 수상하는 영광을 안았다.

지금까지 수많은 표창과 상을 받았지만 농촌융복합산업(6차산업) 분야에서 최고의 상인 대통령 표창을 받게 되니 이보다 더한 기쁨이 어디 있겠는가. 수상 소식이 알려지자 여기저기서 축하전화가

대통령 표창장과 표창패

대통령 표창 수상 후 아내와 함께 기쁨 가득한 모습

걸려왔다. 큰 상을 받은 것은 너무나 영광스러운 일이었지만 한편
으로는 무한한 책임감 때문에 어깨가 더욱 무거워져 왔다.

　내가 대통령상까지 수상하게 된 것은 나 혼자만의 능력이 아니라
그동안 나를 지켜보고 격려해 주신 교수님과 공무원 분들, 그리고
나의 이웃과 마을주민, 가족 덕분이라고 생각한다. 이제 우리 회포
마을과 함께 정보화를 기반으로 농촌융복합산업을 활성화시켜 주민
모두가 잘사는 농촌 공동체를 건설해 갈 것이다.

# 2.
# 미니호박 노지 흑색멀칭 재배법으로
# 대량생산 성공

**호박농사로** 쉼 없이 달려와 대통령 표창까지 받았지만 참샘골 쇼핑몰에 늙은호박만으로는 무언가 부족한 느낌이 들었다. 앞으로 농촌융복합산업을 넘어 4차산업혁명 시대의 이미지를 띄우기 위해서는 획기적이고 새로운 농상품이 필요했다.

그러던 어느 날 아시아종묘사 책자를 뒤적이다가 맷돌호박 모양을 갖춘 예쁜 미니호박 품종을 발견했다. 작고 앙증맞은 노란색 미니호박을 보는 순간 새로운 돌파구를 찾은 것 같아 나도 모르게 환호성을 질렀다.

"야호, 바로 이거야!"

미니호박은 2센티에서 8센티 정도의 아기 주먹 크기로 노란색을 띤 앙증맞고 예쁜 모양이다. 맷돌호박은 건강식품으로 인기를 끌고 있지만 작고 귀여운 미니호박은 디스플레이용이나 농촌체험 프로그램에 사용하면 좋을 것 같았다. 바로 다음 해에 미니호박 씨를 파종하고 재배를 시작했다. 그러나 2015년 처음으로 하우스에서 실험재배를 해 본 결과 실패를 하고 말았다. 씨앗 발아율이 맷돌호박에 비해 절반으로 떨어질 뿐만 아니라 생육 기간도 짧아서 인공수정이나 넝쿨 유인을 하기가 까다로워 재배하기가 어려웠다.

첫해에 실패한 경험을 살려서 2016년에는 맷돌호박처럼 일반 노지에다 흑색비닐 멀칭재배법을 시도해 보았다. 그 결과 다행히 넝쿨 유인도 잘 되어 미니호박을 대량 수확할 수 있었다. 미니호박은 조생종 품종이라서 4월에 파종한 육묘를 5월 초에 심으면 6월 말부터 7월 초 정도에 수확을 할 수 있다. 단기간에 재배할 수 있기 때문에 날씨가 가물거나 습한 것에 크게 구애받지 않고 많은 수량을 생산할 수 있었다.

수확한 미니호박은 3주 정도 숙성시켜서 학생들 체험학습용으로 사용하고, 남는 물량은 관상용으로 판매하였다. 미니호박은 색깔이 선명하고 모양도 예쁘지만 잘 썩지 않기 때문에 관상용으로 보관하다가 쪄먹어도 맛이 있다. 미니호박 재배는 예측한 대로 대성공이었다.

2016년부터는 매년 '고향마실 페스티벌' 행사에 참석해서 예쁜 호박인형 만들기 디스플레이 프로그램으로 인기를 끌었다. 또한 미니호박을 디스플레이 장식용으로 상품화하여 쇼핑몰에 올렸더니 예상

했던 것보다 훨씬 더 반응이 좋았다. 생활수준이 높아지고 외국의
문화를 접하다 보니 사람들이 호박을 먹을거리로만 여기는 것이 아
니라 장식용으로도 활용하는 것이었다. 할로윈 축제가 있는 10월부

우리 부부가 잘 익은 노오란 미니호박을 수확하고 있다

터는 주문이 더욱 쇄도하였다.

그리고 외국에서는 호박뿐만 아니라 살아있는 싱싱한 농산물이 디스플레이용으로 다양하게 이용되고 있다는 것을 유통인 정보를 통해서 알게 되었다. 앞으로는 우리나라에서도 농산물이 식품으로 이용되는 것뿐만 아니라 눈으로 즐기는 볼거리용으로도 인기를 끌게 될 것이다. 이런 추세에 맞춰 예쁘고 귀여운 미니호박은 농촌융복합산업의 체험 및 관광 상품으로 크게 뜰 것이라 생각한다. 그 때를 대비하여 2017년부터는 본격적으로 미니호박의 재배 면적을 넓혀 연간 약 7,000개에서 10,000개까지 생산하게 되었다.

수확한 미니호박을 상온 저장실 선반에서 숙성시키고 있다

미니호박은 앙증맞고 예뻐서 실내 공간 디스플레이용으로도 인기가 좋다

'고향마실 페스티벌' 행사에서 학생들이 호박인형 만들기 체험을 하고 있다

## 3.

# 최고의 항암호박으로 알려진
# 땅콩호박, '천기누설' 프로그램에 방영

**호박이** 인체에 좋은 성분을 많이 지니고 있어 우리 건강에 여러 가지 도움을 주고 있다는 것은 앞서도 말한 바 있다. 그런데 호박에 항암 효과까지 있다는 사실이 알려지면서 다시 한 번 사람들의 많은 관심을 받게 되었다. 그 중 땅콩호박은 다른 호박에 비해 특히 많은 항암물질이 함유되어 있다는 연구 결과도 발표되었다.

땅콩호박은 미국이 원산지로 버터넛스쿼시라는 이름의 호박인데, 가운데 부분이 살짝 들어간 모습이 땅콩과 흡사해 붙여진 이름이다. 우리나라에서는 2013년부터 재배하기 시작한 것으로 일반 호박보다 섬유질이 풍부하고 단맛이 강해 주부들 사이에서 입소문을 타고 알려졌다.

그런데 이 땅콩호박이 최고의 항암식품으로 알려지면서 더욱 유명세를 타고 있다. 2019년 1월 13일에는 MBN의 건강정보 프로그

2019년 1월 23일, MBN '천기누설' 암 정복 프로젝트, 최고의 항암 호박 식재료
방송

램 '천기누설'에 우리 참샘골 땅콩호박이 소개되면서 전국의 암 환
자분들의 전화와 주문이 쇄도하여 저장실에 남아있던 100박스가 하
루 만에 완판되기도 했다.

이날 방송에서는 위암 수술을 한 여성분이 나와 땅콩호박을 이용
한 호박전과 호박죽을 먹으며 암 재발 방지에 도움을 받고 있다는
사례를 발표하였다. 항암 효과가 있는 식재료 54가지 중 호박이 1위
라고 할 정도로 호박의 항암 효과는 널리 알려져 있다. 호박에는 암
세포와 싸우는 강력한 항암물질인 베타크립토잔틴 성분이 귤의 3.5
배, 당근의 13배나 들어있다고 한다. 더구나 땅콩호박에는 베타크립
토잔틴 성분이 다른 호박에 비해 더 풍부하게 들어 있으며 암세포의
성장을 억제해주는 카로티노이드 성분 역시 호박 중 가장 많이 함유

하고 있음이 미국국립생물연구센터에서 입증됐다고 한다.

얼마 전 방송에서 우리나라 국민 3명 중에 1명이 암에 걸린다는
통계를 발표한 적이 있다. 건강에 대한 관심이 증가하면서 단호박

사람이 먹는 54가지 농식품 중 호박이
최고의 항암 식재료라는 내용으로 방영되었다

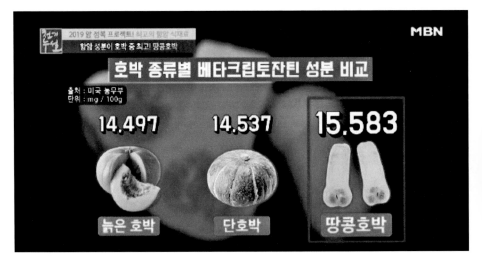

호박 중에서도 땅콩호박이 베타크립토잔틴 성분이 제일 많이 들어있다

의 3.5배, 늙은호박의 5.7배에 달하는 카로티노이드 성분이 들어있는 땅콩호박은 앞으로 건강식품으로 각광을 받아 급성장할 것이라고 본다. 한편 호박의 항암작용이 알려지면서 내가 기르는 호박이 고객들의 건강을 책임진다는 생각에 호박 제품 생산에 더욱 정성을 기울이게 되었다. 맷돌호박, 미니호박, 만차량단호박에 이어서 땅콩호박까지! 나는 또 한 가지 품목을 늘려 땅콩호박 전문재배에 도전하여 6차산업화 상품을 확장해 나갈 것이다.

# 4.

# 참샘골식품 첨단 자동화 시설로 제2의 준공

참샘골식품을 창업한지 15년이 넘다보니 기존의 건물과 식품가공 기계가 오래되고 낡아 새로 개비할 때가 되었다. 호박 보관 창고와 가공실도 여러 번 증축하여 이제는 새롭게 업그레이드를 해야 할 필요성이 있었다. 마침 2017년에 농림축산식품부의 농촌융복합산업(6차산업) 전통발효식품 육성을 위한 지원 사업이 있어 거기에 응모한 결과 우리 참샘골식품이 선정되었다.

식품 제조 산업은 공장 내부의 깨끗한 위생시설과 규격화된 최신 설비시스템이 기본적으로 갖추어져야 우수한 상품들을 만들어낼 수 있다. 물론 품질 좋은 원료와 배합비율, 공정과정의 기술노하우가 뒷받침되어야 한다.

약 1년이라는 기간이 걸려서 기존의 노후한 건물과 설비들을 철거하고 새로운 철골조 빔 설계 공법으로 80평 건물을 준공하였다. 그리고 공장 전면에다 가로 5미터 세로 3.5미터 크기의 초대형 이

참샘골식품 제2의 준공으로 새롭게 변신한 호박 가공공장 외부 전경

농촌융복합산업(6차산업) 견학생들에게 참샘골식품
호박 가공공장에 대해 설명하고 있다

호박죽 가공공장 내부, 레토르트 멸균포장 시스템 자동화설비

호박음료 가공공장 내부, 추출기 및 살균 시스템 자동화설비

미지 래핑 간판을 설치하였다. 공장 내부는 음료 생산설비와 죽류 생산설비로 분류하여 원료 투입부터 포장공정까지 자동화 기계설비와 레토로트 멸균시설까지 갖추게 되었다. 소요된 비용은 약 5억 원으로 연간 300톤을 생산할 수 있는 규모의 공장으로 거듭나게 되었다.

2018년 9월에 준공하여 새로운 설비시스템에서 생산된 제품은 한국식품연구원의 전통식품 재인증 심사와 식품의약품안전청의 HACCP 재인증 심사에도 통과되어 본격적으로 생산체계에 들어갔다. 자동화 설비 덕분에 인건비를 줄일 수 있고 대량생산을 할 수 있어서 상품생산 효율성이 높아지는 효과를 보고 있다.

또 대량 생산이 가능해짐에 따라 앞으로는 홈쇼핑 방송을 통한 판매도 계획하고 있다. 이미 홈쇼핑 방송사 측과도 1차 협의가 통과되어 방송에 출시할 준비를 하고 있는 중이다.

앞으로 다가올 4차산업혁명 시대는 농상품도 데이터와 이미지를 확보해야 경쟁에서 살아남을 것이라 생각된다. 참샘골식품 쇼핑몰의 온라인 고객(현재 2만 명)을 더 확충하고 스마트 모바일 시장을 공략하기 위해서는 고객관리가 필수적이다. 고객의 눈높이와 트렌드에 맞추어 호박 관련 이미지를 365일 연속적으로 띄워서 상품검색 관련 키워드를 확보하도록 해야 한다. 참샘골식품은 6차산업의 리더로서 10년 후, 20년 후의 농상품 소비 트렌드를 내다보면서 변화되어가는 고객의 욕구에 응답할 것이다.

# 5.
# K파머스 윤성진 대표와 스마트폰
# 4천만 시대 실시간 공유시스템을 논하다

**2013년 제1회** 농촌융복합 6차산업 경진대회 및 박람회가 일산 킨텍스에서 개최되었다. 참샘골식품은 박람회장 상품 전시와 경진대회에 모두 참석했다. 전국에서 60여 개 업체가 경진대회에 참여하여 각 지역에서 예선을 거쳐 12개 업체가 본선에 올라왔다. 우리 참샘골은 예선에서 충남 대표로 선발되어 본선에서 발표를 하게 되었다. 중앙대회라 조금은 떨렸지만 평소대로 '6차산업을 먹고 뻗어가는 호박넝쿨'이라는 제목으로 정해진 15분 동안에 프레젠테이션으로 발표하여 '대상'을 수상하는 영광을 안았다.

상을 받은 후 많은 사람들에게 둘러싸여 축하를 받고 있는 내게 K파머스 윤성진 대표가 다가와 명함을 주면서 인사를 건넨다.

"참샘골이 호박으로 인터넷 시장에서 상당히 유명하던데요! 앞으로는 4차산업혁명 시대 스마트폰 데이터로 모바일시장이 급성장할 거예요. K파머스 애플리케이션을 설치하여 호박농부의 이야기나 호박일기를 써보세요.”

그러면 생생한 정보가 소비자에게 실시간으로 전달되어 '참샘골 호박'이 더 유명해질 거라는 것이다. 역시 젊은 친구라 생각이 앞서가는 것 같았다.

K파머스는 농업인과 소비자를 연결해 주는 직거래 서비스 앱으로 윤성진 대표가 만든 것이다. 전국의 생산 농부들은 영농일기를 실시간으로 올림으로써 자신이 기른 농작물을 홍보할 수 있고, 소비자는 자신이 먹는 농산물이 어디서, 어떻게 생산되고 있는지 실시간으로 생산 정보를 확인할 수 있어 믿고 구입할 수 있는 시스템이다. 현재까지 전국에서 2,300명의 농업인과 약 50,000명의 소비

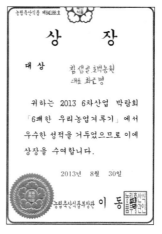

2013년 제1회 농촌융복합산업(6차산업) 경진대회에서 '대상'을 수상하였다

자가 K파머스 시스템을 이용하고 있다.

나는 윤 대표의 말을 듣는 순간 앞으로 펼쳐질 스마트폰 4천만 시대의 모바일 시장이 떠올려졌다. 얼마 안 가 오프라인 시장을 누르고 바쁘게 살아가는 젊은 주부들의 장바구니가 모바일 시장으로 옮겨갈 것이라는 확신이 섰다. 2000년도에 참샘골호박농원 홈페이지를 오픈하고 1년 만에 호박 한 덩어리를 팔았을 때처럼 또 10년 후를 내다보며 생각에 빠졌다.

나는 즉시 스마트폰에 K파머스 앱을 깔고 '참샘골호박농장'의 호박일기를 써나가기 시작했다. 호박을 심고 가꾸고 수확하여 창고에 저장하고 호박 상품을 만들어가는 과정이 현장에서 이미지와 함께 실시간으로 스마트폰을 통하여 소비자들에게 생생하게 전달되었다. 매일매일 등록한 호박이야기가 쌓여가면서 소비자들이 장바구니를 들고 K파머스 모바일 시장으로 몰려오기 시작했다.

내가 K파머스에 매일매일 등록한 참샘골의 호박일기 스토리가 4년 동안 860여 건이나 되었다. 판매량도 급증했다. K파머스 시스템을 개발하여 세계 특허를 낸 윤성진 대표와 4차산업혁명 데이터 시대 모바일시장의 변화를 예측한 참샘골의 생각이 맞아 떨어진 것이다. 그동안 K파머스에 등록된 참샘골의 실시간 호박이야기 일부와 K파머스 영농일기 기반 LBS애플리케이션을 소개해 본다.

LBS는 Location Based Service(위치 기반 서비스)의 약자로 이동

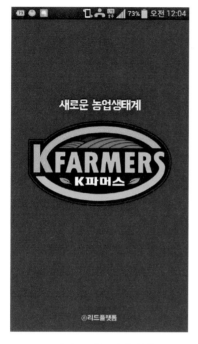

K파머스 애플리케이션                참샘골호박농원 호박일기

통신망이나 위성항법장치(GPS) 등을 통해 얻은 위치정보를 기반으로 여러 가지 애플리케이션을 제공하는 서비스이다. K파머스는 LBS 앱을 이용하여 농산물을 재배하는 과정과 정보를 실시간으로 제공함으로써 소비자가 필요로 하는 농산물이 어디서, 어떻게 재배되고 있는지를 바로 확인할 수 있어 더욱 신뢰를 갖도록 하는 것이다.

# 〈실시간 호박 일기〉

## 맷돌호박 떡잎이 예쁘게 발생했어요      2018. 5. 6

맷돌호박, 미니호박, 슈퍼호박 떡잎이 호박씨 껍질을 뒤집어쓰고

초롱초롱 귀엽게 올라오고 있어요.

하지만 어떤 녀석은 아직도 잠자고 있네요.

지난 4월 13일 육묘 파종을 했는데

12일 만에 떡잎이 일제히 올라왔어요.

현재까지 발아율 85% 정도는 되는 것 같습니다.

아직도 새벽에는 온도가 떨어지고 서리가 올 가능성이 있기 때문에

낮과 밤의 호박 육묘 관리를 철저히 잘해야 합니다.^^

## 참샘골에 호박꽃이 피었습니다　　　2018. 6. 14

부지런한 벌들이 새벽부터 일어나 암꽃과 수꽃을 오가며호박 꿀을

따느라 윙윙거리며 야단법석이다.

호박꽃의 꽃말은 포용과 사랑의 용기라고 한다.

호박꽃도 꽃이냐?

못생긴 사람을 비유한 호박꽃, 하지만 호박꽃을 자세히 들여다 본 사람

이라면 얼마나 잘못된 표현인지알게 된다.

화려한 꽃일수록 질 때는 볼품이 없다. 그러나 호박꽃은 탐스러운 애

호박까지 남겨 놓고, 몸을 조용히 오므린다.

애호박으로 된장국을 끓이고, 연한 호박잎은 데쳐서

쌈을 싸거나 국에 넣으면 맛이 일품이다.

호박엿, 호박죽, 호박전은 모두 건강식품이다.

호박은 타임지가 선정한 세계 10대 식품 중 하나이다.

## 호박부자가 되었어요          2018. 9. 19

황금덩이 호박들이 차곡차곡 쌓여가고 있어요.

파란 가을하늘 아래 오늘도 호박이 넝쿨째 굴러오고 있습니다.

계속되는 호박 수확과 선별 작업에 호박들이 산더미처럼 쌓여만 가네요.

몸은 힘들어도 창고에 호박이 차곡차곡 쌓이니 마음은 흐뭇하네요.

농부는 씨 뿌리고 거두어들일 때가 제일 행복합니다.

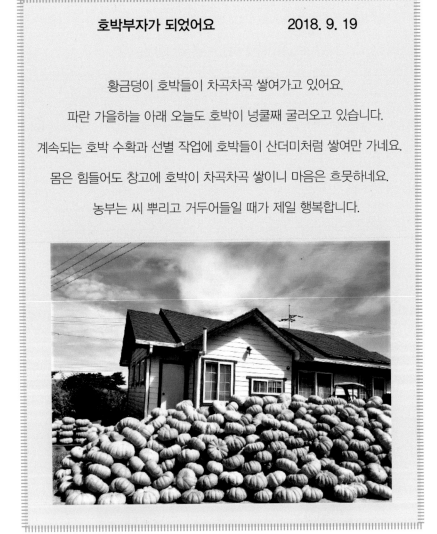

## 오늘은 참샘골 호박죽 쑤는 날~          2018. 10. 3

10월의 첫날, 날씨가 제법 쌀쌀해졌어요.

오늘은 참샘골 호박죽 쑤는 날입니다.

새벽부터 일어나 호박죽을 만드느라 많이 바쁘네요.

이제 자동화시스템 설비가 갖추어져서

작업 공정 과정이 예전보다 훨씬 편해졌습니다.

참샘골호박농원 www.camsemgol.com

## 만차량단호박 껍질 벗기기 작업        2019. 3. 4

호박죽을 만들기 위해 겨울잠을 자고난

단호박을 꺼내서 손질을 하였어요.

만차량단호박은 타원형 모양으로 생겨서

작두로 잘라 껍질을 벗기기가 일반 단호박보다 쉽습니다.

일명 럭비공 호박으로 불립니다.

# 7장

## 최근명의 미래 비전과
## 준비는 계속된다

# 1.

## 농촌융복합산업(6차산업) 성공사례 강사

**나는 농사를** 지으면서도 배움에 대한 열정을 꾸준히 유지하였다. 2000년부터 정보화교육 20회, 농협 팜스테이 교육 18회, 벤처농업 아카데미 과정 5회, 녹색 농촌체험마을 교육 20회를 수강하였다. 그리고 2002년에는 단국대학교 최고농업경영자 과정(유통마케팅)을 수료하고, 2005년에는 한국벤처농업대학교 졸업, 이어서 2008년에는 글로벌농업인재대학교 수출학과를 졸업하였다.

그리고 2008년부터 2015년까지 일본의 6차산업 연수과정을 농식품부 정책과정 1회, (사)충남농촌체험휴양마을 농촌체험연수 1회 등 두 번이나 다녀왔다. 일본의 6차산업 정책은 정부의 지원은 적지만 농가들과 협업체 스스로 참여도가 높아서 성공사례 비율이 높은 것이 특징이다. 또한 1차, 2차, 3차, 6차산업을 연결하는 시스템이 협동조합과 체험농가 간 네트워크가 잘 형성되어 있었다.

이렇게 끊임없는 배움과 농업 현장에서의 경험으로 나는 농촌융복합산업(6차산업)에 있어서 누구보다 선두의 위치에 설 수 있게 되었다. 농촌융복합산업에 대한 지식은 단지 책상 앞에서 연구하는 것으로 이루어 낼 수 있는 것이 아니다. 지속적인 배움에 대한 열정

충남 창조경제혁신센터의 농수산품
명사 초청 6차산업 명품화 강의 중

경남과학기술대에서 6차산업 창업과정 농특산물
가공기술에 대해 강의하고 있다

과 함께 직접 농업 현장에서 부딪혀 얻어낸 경험은 어느 누가 흉내 낼 수 없는 나의 소중한 경력이 되었다.

이러한 경력을 인정받아 2008년부터 농촌진흥청, 농식품부, aT 유통교육원, 충남농업기술원, 충남도청 3농 혁신대학, 충북농업연수원, 한국농업경영인중앙연합회, 엘리트귀농대학, 전국농업기술센터 등에 출강하게 되었다. 현재까지 200여 회에 걸쳐 6차산업화 성공사례를 전파하고 있다.

# 2.

# 컴퓨터 농부에서 스마트농부로 변신하다

남들은 나를 호박박사, 또는 호박샘이라고 부른다. 그러나 나 스스로를 소개할 때는 호박농부라고 이야기하곤 한다. 그러나 이제는 호박 농사를 짓는 것은 변함이 없지만 그냥 호박농부가 아니라 스마트호박농부라고 자부한다. 내가 호박농부, 컴퓨터호박농부에서 스마트농부로 변신한 까닭을 말해볼까 한다. 나는 컴퓨터 농부 1세대로 1999년도에 홈페이지를 만들어 2000년 1월에 온라인마켓을 오픈했다. 지금부터 20년 전이다. 그 당시는 우리 농업인뿐만 아니라 도시에서도 개인 컴퓨터 보급이 그리 많지 않았기 때문에 상당히 앞선 시도였다. 그런 상황이다 보니 홈페이지를 오픈하고 1년 만에 호박 1덩어리를 파는데 그쳤다. 그러나 나는 그 한 덩어리 호박을 팔고 10년 후 온라인시장의 대박을 꿈꾸었다. 그리고 예측한 대로 10년 후 온라인시장에서 호박상품 90%의 판매율을 올리면서 나의 꿈은 이루어졌다.

참샘골 모바일 쇼핑몰. 상품 주문 및
카드결제 시스템이 탑재되어 있다

그런데 이제 온라인시장은 다시 변화하고 있다. 컴퓨터보다 더 편리한 스마트폰 4천만 시대를 맞이하였다. 초등학교 학생부터 노인까지 스마트폰을 안 들고 다니는 사람이 없을 정도이다. 나는 컴퓨터를 이용한 온라인시장의 성장을 예측했던 것처럼 다른 이들보다 일찍 스마트폰 시대 초기부터 스마트농부 1세대로 변신했다.

모바일시장이 빠르게 급성장하고 있다. 참샘골 고객들도 오프라인시장에서 온라인시장으로, 컴퓨터 주문에서 모바일 주문으로 빠르게 옮겨오고 있다. 앞으로 갈수록 미세먼지와 지구온난화로 환경 여건이 더 나빠지면서 사람들이 야외활동을 줄이고 집안에서 머무는 시간이 많아져 스마트폰으로 간편하게 시장을 보려는 사람들이 계속 늘어날 것이다. 최근에는 대기업 유명 백화점들도 고객 매출 감소로 오프라인

점포를 하나둘 폐쇄하고 온라인 모바일 시장을 키워가는 추세이다. 6차산업을 뛰어넘은 4차산업 혁명시대에는 농특산물 유통시장도 모바일이 대세가 될 것이다. 나는 또 10년 후 22세기 초미니 모바일 시장의 변화를 준비해 가면서 가슴 뛰는 농업, 가슴 뛰는 삶의 이야기를 쉼 없이 계속 만들어 갈 것이다.

# 3.

# 대한민국 대표 농장 스타팜, 최우수 스타가 되다

우리 몸에 안전한 바른 먹거리를 찾는 소비자들의 욕구가 늘면서 농림수산식품부 산하기관인 국립농산물품질관리원에서는 2010년부터 대한민국 대표 농장 스타팜(star farm)을 지정하여 관리하고 있다.

스타팜은 안전한 농식품 생산을 선도하는 친환경 인증 농산물 우수관리(GAP), 유기 가공식품, 전통식품, 지리적 표시 등록, 술 품질인증, 6차산업 등 여러 분야의 농장 중 타의 모범이 되는 우수 농장을 찾아 지정하게 된다. 현재 42만여 농장 중 359개의 농장이 대한민국 대표 농장 스타팜으로 지정되어 운영하고 있다. 이렇게 지정된 스타팜 농장들은 국가인증 브랜드 가치 홍보 및 지역별 특색을 갖춘 농촌관광 프로그램 운영으로 도·농 교류를 확대하고 국가인증 농식품 확산을 위해 노력해 오고 있다.

우리 참샘골호박농장은 2001년부터 품질 인증 받은 것을 시작으로 친환경 농산물 인증, 전통식품 인증, 6차산업 인증을 받았다. 그리고 2010년에 대한민국 대표 농장 스타팜으로 지정을 받았다.

대한민국 스타팜 우수사례 발표대회에서 스타 대상을 받았다

2019년 2월 27일~ 28일, 1박 2일 동안 경북 문경 리조트에서 대한민국 스타팜 농장 제1회 우수사례 발표 대회가 개최되었다. 전국 9개도에서 2명씩 18명이 우수사례 발표자로 사전에 선정되어 본선 발표대회에 올라갔다. 충남 대표로는 부여군 외갓집농장 박영숙 씨와 서산시 참샘골호박농원 최근명, 내가 본선에 나가게 되었다.

나는 제목을 '소비자와 함께하는 스타팜'으로 정하고 프레젠테이

스타팜&로망스투어 농촌체험 관광객들이 회포마을에 도착하여 단체사진을 찍고 있다

션 발표 자료를 만들어서 연습도 없이 평소대로 차분하게 발표를
하였다. 농촌융복합산업의 사례 강사로서 활동하다 보니 이제 다른
사람들 앞에서 발표하는 것은 별도의 연습이 없이도 자신이 있었
다. 둘째 날 드디어 10명의 심사위원들이 점수를 합산하여 수상자
를 발표하였다. 장려상부터 시작해서 우수상으로 올라가면서 수상
자를 호명하였다. 조금 긴장된 마음으로 지켜보고 있었는데, 마지
막으로 '최우수 스타상'에 참샘골호박농원을 부르는 것이었다. 나는
또 한 번 대한민국 최고의 스타가 되었다. 너무도 기뻤다.

# 4.

# 꿈은 꾸는 사람만이 이룰 수 있다. 슈퍼호박 '은상' 챔피언이 되다

**몇 년 전부터** 나는 초대형 슈퍼호박 재배에 도전하였다. 그러나 슈퍼호박은 일반호박보다 재배가 까다롭고 성장 과정에서 잘 썩기 때문에 성공하기가 쉽지 않았다. 3년이나 슈퍼호박을 길러보려고 애써보았지만 매번 실패하는 고배를 마셨다. 나는 그래도 도전을 멈추지 않았다. 내가 일명 호박박사인데 이대로 포기하기에는 나의 자존심이 허락지 않았다. 2017년 마지막 도전이라는 각오로 슈퍼호박 만들기에 많은 노력을 기울였다.

4월 중순경 하우스 안에서 파종한 슈퍼호박은 여느 때처럼 두꺼운 호박씨를 뚫고 떡잎이 힘차게 솟아올랐다. 우리 속담에 '잘 될 놈은 떡잎부터 알아본다'는 말이 새삼 떠올랐다. 호박 떡잎이 지난해와 달리 유난히 두껍고 초롱초롱한 모양이 튼튼해 보였다. 나는 실패했던 경험을 살려 매일 성장과정을 체크하며 물을 주고 영양제를 투여하며 정성들여 관리를 하였다. 슈퍼호박은 성장 속도가 매우 빨라 날씨가 따뜻해지는 5월이 되면서 더욱 빠르게 성장해 갔다. 호박넝쿨이 하룻밤 자고나면 한 뼘씩이나 뻗어나갔다. 호박잎은 작은 우산만큼 커지고 줄기는 동아줄처럼 굵어졌다. 호박꽃 암꽃의 씨방도 큰 전구만큼이나 굵고 그 어느 때보다 컸다. 드디어 20마디 넝쿨에서 호박이 열렸다.

점점 날씨가 더워지는 6월이 되면서 애기 주먹만 하던 호박이 무럭무럭 자라 축구공 크기만큼 커졌다. 그동안의 경험으로 슈퍼호박은 애호박 성장기 때 관리가 제일 중요하다는 것을 알게 되었다. 나는 호박이 축구공만 해졌을 때 열매가 달린 20마디에서 5마디를 더 남기고 넝쿨이 더는 성장하지 못하게 잘라주었다. 곁가지 넝쿨도 모두 제거해 주었다. 그리고 호박 받침대 팔레트를 깔고 그 위에 호박 넝쿨을 유인해서 호박이 다치지 않도록 조심조심 올려놓았다. 슈퍼호박은 생육기 때 한번 성장이 멈추면 더 자라지 않는다. 축구공만 했던 호박이 7주만에 양동이 크기로 쭉쭉 성장해갔다. 7월이 되면서 밤낮의 기온차가 적어지자 호박은 더 빠르게 성장해 큰 항아리만큼 커졌다. 8월에는 100년만의 유례없는 폭염이 찾아왔다. 나는 잘 커가던 슈퍼호박의 성장이 멈출까봐 차광막으로 그늘을 만들어주고 적당한 물과 영양제를 공급하며 관리를 철저히 했지만 아쉽게도 더는 커지지 않고 서서히 누런빛으로 익어가기 시작했다.

줄자로 재보니 몸통 둘레가 2m 80cm로 무게는 약 90~100kg 정

팔을 벌려 슈퍼호박과 포즈를 취하고 있다.
몸통둘레 2m 80㎝, 실제무게 88㎏

외손자 예준이가 할아버지인 저자와
슈퍼호박 목말을 타고 신이 났다

도 나갈 것 같았다. 조금은 아쉬웠지만 그동안 몇 번의 실패에 비해 쌀 1가마 무게가 넘는 슈퍼호박을 만들었다는 자부심과 함께 슈퍼 호박 만들기에 도전한 나의 기록으로 남길 수 있어 무척 기뻤다. 마침 외손자 예준이가 찾아와서 목말을 태우듯 호박 위에 앉히고 기념 촬영도 했다.

나는 가을 후숙기 관리를 잘하여 드디어 슈퍼호박을 수확하고 2017년 제15회 전국 박과채소 챔피언 선발대회에 출품을 하여 무게 88kg으로 확정되어 은상을 수상하는 영광을 안았다. 비록 대상은 놓쳤지만 슈퍼호박을 만들고 싶었던 꿈은 이루어졌다. 그리고 앞으로 더 큰 슈퍼호박을 만들기 위해서 나의 도전은 계속될 것이다. 참고로 현재까지 우리나라 최고 슈퍼호박의 기록은 150kg이고, 세계 신기록은 1,000kg(1톤)이다.

# 5.

# 국제라이온스협회 대산라이온스클럽 창립 멤버

**한편 나는 35세** 젊은 나이에 마을 어르신들의 적극적인 추천으로 회포마을의 새마을 지도자가 되어 지역사회 봉사까지 활동범위를 넓혀가기 시작했다. 그리고 1992년 대산읍 새마을지도자회 총무를 맡고 있을 때 신상인 회장님께서 추천하여 국제라이온스협회의 대산라이온스클럽 창립멤버로 참여하게 되었다.

국제라이온스협회는 136만 명 회원을 보유한 세계 최대의 봉사단체로 가장 활동적인 조직이다. 대산라이온스클럽은 1993년 1월 14일 국제라이온스협회로부터 인가 승인(국제번호 5262-054076)을 받고, 1993년 1월 20일 창립총회를 개최하게 되었다. 309-E지구 임석노 지구총재님, 스폰서클럽인 서령클럽 최차열 회장님 및 임원들이 내방해 주신 가운데 대산클럽 창립멤버 27명이 참석하여 성공리에 창립총회를 마쳤다. 그리고 1993년 2월 28일에는 대산새마을금고 회의실에서 국제라이온스협회 헌장 전수 기념식을 가졌다.

초대 회장에는 신상인 회장님이 추천되고 나는 초대 총무에 추천되어 12지역(서.태안)의 16개 클럽 임원들과도 활발한 교류를 하게 되었다. '라이온스 윤리강령'에 따라 적극적으로 활동하다 보니 라이온스클럽 봉사활동에도 시야를 넓혀갈 수 있었다.

나는 총무직 2번에 이어서 1부회장. 2부회장. 3부회장을 거쳐서 드디어 FY 2005~2006년도 대산 라이온스클럽 13대 회장에 취임했다. 회장직을 맡으면서 라이온스의 '우리는 봉사한다'라는 모토에 따라 지역사회 불우이웃 돕기, 요양원 어르신들 돌보기, 자연보호 활동 등 더욱 왕성한 봉사 활동을 전개하였다. 이러한 업적을 인정받아 356-F지구(충남대전) 연차대회에서 한평용 총재님으로부터 우수 클럽상과 무궁화동장패를 받는 영광을 차지했다.

나는 회장의 임기가 끝나고서도 클럽의 이사, 감사, 지구본부의 지역이사 등을 거치면서 FY 2013~2014년도에는 국제라이온스협회 356-F지구 제13지역(서산) 3지대 위원장에 위촉되었다. 또한 서기원 13지역 부총재, 조병완 1지대 위원장, 이은만 2지대 위원장과 함께 활발한 교류를 하면서 3지대 클럽 소속인 서령클럽, 대산클럽, 해미클럽을 정기적으로 방문하여 봉사활동을 독려하고 FRC 국제봉사기금 2,000불을 기부하기도 했다. 1년 회기 동안 3지대 위원장의 임무를 충실히 수행한 결과 356F지구 연차대회에서 우수지대 클럽상과 국제라이온스협회로부터 창시자 멜본존스 봉사패를 받는 영광을 안았다.

나는 라이온스클럽 봉사활동을 하면서 몸에 익힌 라이온스 윤리 강령을 토대로 다른 사회 활동에도 열정적으로 가담하여 활동하기 시작했다. 현재 대산라이온스클럽 창립 26주년을 맞이하여 창립멤버로서 신입회원과 후배들에게 멘토를 자청하여 봉사의 이념과 가치를 심어주고 있다. 참고로 라이온스 윤리강령을 소개한다.

멜본존스 봉사패

대산라이온스클럽 사자상

대산 라이온스클럽 13대 회장 취임식에서

〈라이온스 윤리강령〉


1) 자기 직업에 긍지를 가지고 근면성실하여 힘써 사회에 봉사한다.

2) 부정한 이득을 배제하고 정당한 방법으로 성공을 기도한다.

3) 남을 해하지 아니하고 자기 직업에 충실히 임한다.

4) 남을 의심하기 전에 먼저 자기를 반성한다.

5) 우의를 돈독하게 하며 이를 이용하지 아니한다.

6) 선량한 시민으로서 자기 의무를 다하며 국가민족 사회의 발전을
   위하여 노력한다.

7) 불행한 사람을 동정하고 약한 사람을 도와준다.

8) 선량한 시민으로서 자기 의무를 다하며 국가민족 사회의 발전을
   위하여 노력한다.

9) 남을 비판하는데 조심하고 칭찬하는데 인색하지 아니하며, 모든
   문제를 건설적인 방향으로 추진한다.

# 한국새농민회 서산시회 회장이 되다

내가 농촌융복합산업의 선두주자로 활동할 수 있었던 것은 아내의 헌신적인 내조가 한 몫을 했음은 두말할 나위가 없다. 그 덕에 2001년 9월 우리 부부는 대산농협의 추천으로 농협중앙회에서 이달의 '새농민'(특작호박부문)으로 선정되었다. 우리는 새농민으로 선정이 되자마자 한국새농민회 서산시회에 자발적으로 가입하여 활동하기 시작했다.

한국새농민회의 설립 목적은 자주적 협동체로서 자립, 과학, 협동하는 새농민 운동의 확산 보급을 통해 농업인의 농업경영과 기술 개선에 선도적 역할을 함으로써 농업생산성을 향상시키고 농촌 발전에 이바지하여 농업인의 경제적 사회적 지위 향상에 기여하는 것이다. 새농민회는 부부가 함께 활동하는 단체이기 때문에 우리 부부도 함께 가입하여 회원으로서 열심히 활동하였다.

우리는 자립하는 농민, 과학하는 농민, 협동하는 농민이라는 '새농민'의 목표를 인식하고 호박농사에 전념하며 호박 흑색비닐 멀칭 재배법 개발, 호박 상온장기저장법 개발 등을 연구하며 과학하는 농민으로 선도농업의 자리를 잡아갔다. 또한 협동하는 농민으로 회포마을에 느타리버섯 작목반, 호박재배 작목반 등을 조직하여 농업인 공동체를 이끌어 나갔다. 그리고 일찍부터 1차 농업보다는 2차 가공산업, 3차 농촌체험 관광산업 등 농촌융복합산업(6차산업)에 도전하여 자립하는 농민으로 앞장선 결과 대한민국 새농민 최고의 모델로 우뚝 서게 되었다.

이러한 성과로 인해 새농민의 공적을 인정받아 2003년에는 대한민국 농업인으로서 최고의 영예라고 할 수 있는 '새농민상 본상' 트

성 명: 최근행 · 이복은 부부
주 소: 충남 서산시 대산읍 운산리 185
농장명: 황성글농장
주작목: 호박, 버섯

■ 친환경 퇴비인 생체껍과 버섯 폐배지 균상을 이용한 멧돌호박 장기저장법을 국내최초로 개발하여 연중 분산출하가 가능토록 하였으며 대성작목반과 호박작목반을 조직, 육성하여 선거출을 보급하고 농가소득을 늘이는데 크게 기여함.

■ 무농약 친환경농산물 품질인증, 브랜드개발을 통한 상표의장등록, 열로화서매에 무를본 홍페어지 규격으로 농업 부문의 부가가치 향상에 기여한 공로도 농업인 종패리지 경진대회에서 우수상을 수상하였으며, 또한 출하농 판도 100% 리콜제 실시, 가공제품 생산 등 실용성 제고에 힘씀.

■ 농업환경의 어려움을 극복하고 과학발농으로 우리 농업의 경쟁력과 자급성을 높여주는 농업력농법을 솔선 기여함.

새농민 본상 공적서

새농민상 본상 트로피

로피를 받게 되었다. 새농민 회원으로 아내와 함께 활동하면서 최고의 영예로운 상까지 함께 받게 되니 기쁨이 벅차오를 뿐만 아니라 아내에게도 그 수고에 대한 보답을 한 것 같아 마음이 뿌듯했다.

　　수상 후에도 나는 자만하지 않고 열정적으로 활동하여 회원들로부터 추천을 받아 수석부회장으로 선출되었다. 그리하여 내가 앞서 경험했던 농촌융복합산업의 노하우를 전수하는 등 우리 마을의 발전과 새

2019년 1월부터 서산시 새농민회 회장에 취임하여 총회를 진행하고 있다

농민 회원들을 위해 더욱 노력하였다. 그리고 2019년 1월부터는 한국새농민회 서산시회 회장으로 취임하게 되어 더욱 큰 책임감을 가지고 현재 조직을 이끌어가고 있다.

2019년 8월 22일에는 제25회 한국새농민회 충청남도 전진대회가 서산시 새농민회 주최로 서산시민체육관에서 개최되었다.

그동안 치러졌던 타 시·군 전진대회와 차별화를 꾀하기 위해 최택순 충청남도 회장님과 머리를 맞대고 수차례 의논하고 서산시 임원들과 함께 열심히 준비하여 드디어 큰 행사를 아무런 사고 없이 성황리에 마칠 수 있었다.

# 7.
# 6차산업으로 이룬 마을 공동체

**나는 10여 년 전부터** 호박 농사와 온라인 판매로 바쁜 와중에도 일본을 오가며 3차산업 진출을 준비해 왔다. 그때 일본에서는 이미 인구 감소로 인한 농어촌의 고령화와 소득감소 등에 대비하여 농촌융복합산업(6차산업)을 추진하고 있었다. 규슈 지방의 후쿠오카 현을 방문했을 때였다. 그곳에서는 방문한 관광객들을 상대로 마을 단위의 '소바(메밀국수) 만들기' 체험을 하고 있었다. 그 무렵 나는 개인적으로 참샘골호박농장에서 체험 프로그램을 운영하고 있었지만 마을 주민들이 협조하여 체험 프로그램이 실시되고 있는 것을 보고 놀라움을 금치 못했다. 우리도 마을 단위로 체험 프로그램을 운영하면 우리 회포 마을이 전국적으로 알려져 이웃 농가들에게 이득이 될 것 같았다.

2016년 6차산업 정책과정, 4박 5일 국외연수(일본 큐슈)를 마치고 느낀 소감을 적어본다.

- 일본 6차산업 정책과정 연수 사례.

### ◇ 일본 6차산업 연수 1~2일차

8월 22일 첫날은 후쿠오카 공항에 도착하여 인근 식당에서 점심식사를 하고 오후 첫 일정으로 구마모토로 2시간 동안 이동하여 큐슈 농정국을 방문하였다. 일본의 6차산업 현황을 소개받고 질의문답식으로 17:00까지 2시간 동안 앞으로의 발전방향에 대하여 토론하였다.

일본의 6차산업 정책지원은 우리나라와 많이 달랐다. 6차산업 사업자로 인증을 받고 5년이 되면 기간이 자동으로 만료되고 재인증은 없다고 했다. 6차산업 사업자 정책지원금도 신청자 사업계획에 따라서 10%~20%, 최고가 30%라고 한다. 5년 동안 사업

큐슈지방 농정국 담당자가 6차산업 정책 현황을 소개하고 있다

을 성장시켜서 자립하라는 제도이다. 그래서 일본 농업의 6차산업이 튼튼하게 성공할 수 있는 기반이 된 것 같았다.

8월 23일, 오늘은 연수 2일차로 구마모토 항에서 시마바라로 가는 고속 페리호를 타고 나가사키 사이언스팜 표고버섯 농장으로 이동하여 '표고버섯 친환경 순환형 시설'을 견학하고 버섯 따기 체험도 하였다. 이곳은 버섯 생산뿐 아니라 슬라이스, 버섯분말, 버섯아이스크림 등 2차 상품을 개발하여 농장 내 직판장도 운영하며 홍보 판매 마케팅도 실현하는 일본의 앞서가는 6차산업 현장이었다. 역시 일본은 듣던 대로 6차산업 농가의 직판장 모델이 뛰어나 보였다.

2016년 8월 23일 사이언스팜 6차산업 표고버섯 농장에서, 오른쪽이 필자

### ◇ 일본 6차산업 연수 3일차(유메팜 슈슈농장 )

셋째 날은 여덟 농가가 출자하여 마을에서 직매장, 체험공방, 농장 레스토랑을 협동해서 성공적으로 운영하는 현장을 둘러보았다. 농가에서 재배한 농산물을 소포장하여 공동 직매장에서 판매하고 농장 레스토랑에서는 직접 재배한 로컬 푸드 농산물을 활용하여 음식을 만들고 있었다. 한편 체험공방에서는 농가에서 생산한 메밀가루를 주원료로 '소바 만들기' 체험 프로그램을 운영하고 있었다. 이렇게 8개의 농가가 협업으로 성공하기까지는 대표의 리더십 발휘가 중요하다는 것을 많이 느끼고 배웠다.

유메팜 슈슈농장 체험공방에서
'소바 만들기' 체험을 마치고 농장 직원들과 함께

## ◇ 일본 6차산업 연수 4일차

오늘은 구루메 쿄호 와이너리 농장에서 거봉와인 체험을 하고 기타규슈로 이동하여 다나카농원의 6차산업 직판장을 견학하였다.

와이너리는 오래전부터 농업과 가공, 관광이 어우러진 일본의 대표적인 6차산업이라고 했다. 그런데 유럽의 경우 양조용 포도 재배에 적합한 기후나 토양 등이 맞아 떨어지는 지역들이 많고 스토리와 히스토리가 풍부하며 전 세계를 상대로 시장 규모도 큰 반면에 일본이나 우리나라의 경우는 시장이 작아 어려움을 많이 겪고 있다고 하였다. 게다가 이 와이너리도 창업자의 가족들이 물려받지 못하고 명란젓 회사로 넘어갔다는 이야기를 들으니 왠지 마음이 씁쓸하였다. 하지만 그곳에서 와인 제조, 증류주 생

구루메 쿄호와이너리 농장 거봉와인 직판장에서

215

산, 레스토랑 운영, 판매장 운영, 시음 방식 등 6차산업 운영에 있어서 여러 방면의 아이디어를 많이 얻어왔다.

### ◇ 일본 6차산업 연수 5일차

오늘은 일본 연수 마지막 날로 미치노에키 무나카타 대형 직판장을 견학하였다. 이곳 직판장에서 이 지역 농업인들 303명이 자기 상품을 홍보하고 판매한다고 한다. 일명 지산지소(地産地消) 운동으로 내 지역에서 생산되는 먹거리는 지역 내에서 먼저 소비하자는 취지이다. 우리의 신토불이(身土不二)와 유사한 개념으로 일본에서는 정부 차원에서 추진하고 있어 매우 좋은 제도로 보였다.

### ◇ 미치노에키 무나카타 대형 직판장

전국적으로 1,115개소를 운영 중이고 후쿠오카 현에만 130개소가 운영되고 있다고 한다. 그 중에서 매출액으로 볼 때 미치노에키 무나카타 직판장이 가장 운영이 잘 된다고 한다.

지산지소 운동으로 2008년 오픈하였으며, 부지면적 13,691㎡에 직매장 714㎡, 레스토랑 223㎡ 등이 들어서 있다. 국토교통소 주체로 운영이 되고 있으며 별관은 JA에서 운영하며 추후 확대할 계획이라고 했다.

자본금은 500만 엔이며, 5개 주체(무나카타시 상공회 20%, 무나카타 농협 20%, 관광협회 20%, 어업협동조합 20%, 무나카타 시청 20%)가 맡아 운영하고 있는데, 시청은 3년 전부터 참여하였다고 한다. 매출과 고객 수는 점차적으로 증가하고 있으며 방문객은 지역주민 13%, 지역 외 고객 87%의 분포를 보인다고 했다.

취급품목은 수산물 38%, 농산물 32%, 공산품 28%, 기타 2% 순이었다. 일반적인 미치노에키는 농산물 위주로 구성되나 그곳에서는 수산물도 취급하는 게 특징이라고 한다. 앞으로 적극적인 구매층인 30~40대를 어떻게 더 끌어들이느냐가 과제라고 했다. 당시 기준으로 수산물 농가 128호, 농산물 농가 303호, 가공품 농가 121호가 참여하고 있었다.

미치노에키 무나카타 대형 직판장에서

3차산업은 단순히 물건만 파는 것이 아니라 그 지역의 문화를 체험하게 하는 일종의 서비스 산업이다. 따라서 마을 주민들의 협조가 필수적이다. 일본 연수에서도 보았듯이 6차산업(농촌융복합산업)은 주민들의 적극적인 협조가 있어야 성공할 수 있다. 나는 처음에 반신반의하던 회포마을 주민들을 설득해 본격적인 농촌체험 프로그램을 운영하게 되었다.

처음에는 계절별로 호박 모종 파종하기, 호박잎 따기, 호박 수확하기 체험으로 시작하여 호박을 이용한 전통음식 만들기 등 다양한 프로그램으로 확장하였다. 그렇게 마을 주민들과 합심해 노력한 결

2008년도에 준공된 회포마을 다목적 체험관 전경

호박전 만들기, 호박칼국수 만들기, 호박피자
만들기 체험 프로그램의 홍보 이미지

미니호박 인형 만들기, 호박등불 만들기, 호박게국지
만들기 체험 프로그램 홍보 이미지

천연염색 손수건 만들기, 고구마 · 감자 캐기, 전통농경문화 체험 홍보 이미지

과, 2008년에는 녹색농촌체험마을로 지정돼 정부로부터 2억 원을 지원받아 다목적 체험관을 건축하였다. 다목적 체험관이 준공되면서 더욱 다양한 실내 체험 프로그램을 마련할 수 있게 되었다.

그리고 또 마을 단위의 활동으로, 트랙터를 개조해 만든 기차를 타고 '마을 정거장'을 둘러보는 체험은 많은 관광객들의 인기를 끌고 있다. 특히 이 '마을 정거장' 프로그램은 방문객들에게 우리 회포마을의 자연환경과 문화에 대해 널리 알릴 수 있는 좋은 기회이기도 하다.

한편 내가 개발한 늙은호박 재배법과 저장기술을 마을 및 지역 농민들에게 전파하고 호박 계약재배를 실시하여 우리 참샘골식품에 납품할 수 있도록 하였다. 참샘골식품에서는 가까이에서 원료를 공급받을 수 있어 좋고, 호박을 재배하시는 지역주민들은 안정된 수익을 얻을 수 있으니 일석이조의 효과를 얻게 되는 것이다.

회포마을 체험관과 마을 체험 프로그램 사업으로 들어오는 수익은 마을 사람들과 함께 나눈다. 앞으로 농촌융복합산업이 더욱 확장돼 수익도 점점 더 커지겠지만, 그건 내 몫이 아니라 회포마을 전체 주민들의 몫이 될 것이다.

나는 이렇게 호박의 생산과 가공, 체험 프로그램을 결합한 6차산업을 마을 주민과 공유하면서 상생의 길을 선택했다. 지금은 우리 참샘골식품에서 연간 소요되는 200t의 호박 중 이웃 주민들이 생산한 분량이 80%에 달한다. 호박을 수매하는 금액만도 약 5,000만 원에 이른다. 또한 호박 가공공장과 회포마을에 4~6명의 직원을 상시 고용함으로써 일자리도 창출하여 그 역시 회포마을 지역경제에 도움을 주고 있다.

# 8.

# 나의 도전은 계속된다

**나는 일찌감치 온라인시장의** 발전을 예측한 덕에 인터넷과 모바일을 이용한 전자상거래로 많은 고객을 유치할 수 있었다. 물론 늙은호박을 재배하여 장기간 저장할 수 있는 기술 개발이 전제되었고, 이어서 고객의 트렌드 변화에 재빠르게 대처한 덕분이기도 하다.

그동안 수많은 시행착오를 거치면서 부농의 꿈을 이루기까지 땀 흘린 노력은 대내외적으로 인정을 받았다. 2001년 서산시 신지식인 1호를 시작으로 2001년 충남 농어촌 발전대상 수상, 2002년 산업개발부문 서산시민대상 수상, 2003년 농협중앙회 새농민상 본상 수상, 2003년 농림부장관표창 수상, 2005년 충남농업테크노파크 우수농기업 선정, 2008년 농업인 홈페이지경진대회 최우수상 수상, 2009년 한국벤처농업대학 1촌1명품업체 선정, 2012년 서산명인 선정, 2013년 6차산업 경진대회 대상 수상, 2016년 대한민국식품박람회 최우수상 수상 등 열손가락이 모자랄 정도이다. 그리고

2017년에는 충청남도 정보화농업 명인에 선정되었고, 같은 해 농촌 융복합 보고대회에서 대통령 표창을 받기도 하였다.

모든 일은 최선을 다할 때 행운도 찾아오는 법이다. 그러나 목표를 이루었다고 해서 거기에 만족하여 머물러 있으면 실패하기 십상이다. 전자상거래의 경우 고객과 대면하지 않기 때문에 간혹 그들의 요구에 소홀할 수도 있다. 그러나 그분들은 내 표정을 보지 않아도 내가 고객들을 대하는 태도를 느낄 수 있다. 질문에 대한 응답이 없을 경우 쉽게 등을 돌릴 수 있는 것이다.

참샘골식품 쇼핑몰 화면, 현재 우수고객 22,000명의 회원을 확보하고 있다

　나는 정보화 명인답게 고객들의 요구를 빠르게 수용한 덕에 온라인 직거래 90%의 목표를 달성하였다. 지금은 1인 1컴퓨터 시대, 스마트폰 4,000만 시대이다. 오늘도 나는 새벽을 깨우며 컴퓨터를 켜고 밤새 들어온 주문 상품을 확인한다. 온라인 IT시대에는 남보다 한발 앞선 생각과 새로운 마케팅법을 연구하는 발상의 전환이 중요하다. 참샘골은 고객인 소비자들의 현장체험과 온라인 커뮤니케이션을 통해 즉각적인 답을 찾고 창의적인 상품을 개발해왔다.

　또한 SNS 운영에 주력하여 매일매일 '호박이야기' 스토리를 올리고 있다. 그 덕에 22,000명의 회원 고객들 중 1일 500~1,000여 명이 참샘골 쇼핑몰을 방문하고 30~100여 명이 상품을 구매하는 온

라인 직거래 성과를 이뤘다고 생각한다. 온라인에서는 1년 365일 비가 오나 눈이 오나 자고나면 밤새 주문이 수북이 쌓인다.

호박을 생산해 그대로 판매하던 1단계를 거쳐 호박을 이용한 가공식품 판매의 2단계, 여기에 회포마을과 연계한 체험농장과 체험관광마을 모습을 갖춘 현재의 3단계까지 오게 된 것은 고객들이 던져준 아이디어를 과감히 수용했던 덕분이다. 그리고 변화와 혁신에 대한 열정, 미래를 향한 투철한 도전정신이 있었기 때문에 가능한 것이었다. 이제 나는 미래의 창조농업 농촌융복합산업(6차산업)의 완결판을 넘어서 4차산업혁명 시대를 생각한다. 그동안 내가 축적해온 호박 관련 데이터와 SNS 등 정보통신기술을 활용한 온라인 신 유통시장을 넓혀 글로벌시장까지 진출할 예정이다.

10년, 20년 후 우리 농업이 글로벌 시장 경쟁에서 우위에 서기 위해서는 농업에 대한 사고의 변화, 냉철한 판단과 더불어 혁신 기술 개발의 투자가 필요하다. 최고를 향한 열정, 미래를 향한 도전만이 글로벌 시대에서 살아남을 수 있다.

나는 앞으로도 호박곶감 등 신제품 개발에 힘써 다양한 상품을 마련할 것이다. 그리고 10년 안에 우리 회포마을 주민들과 함께 호박을 주제로 호박마차, 호박온천탕, 호박찜질방 등을 갖춘 테마파크(가칭 호박상상나라)를 조성해 회포마을을 대한민국 최고의 체험관광지로 만들 구상도 하고 있다.

이렇게 정보화 사회의 도래 등 미래를 내다보는 통찰력을 바탕으로 호박을 이용한 농촌융복합산업(6차산업)의 저변을 계속 확장해 나갈 것이다.

# 에필로그

4전 5기 인생역전 농업에 뛰어든지 40년 늙은호박과 희로애락을 함께한지도 벌써 20년을 훌쩍 넘어서고 있다. 처음 낙농업에 손을 댄 이후 여러 차례 실패를 거듭하다 다섯 번째 도전한 늙은호박 사업이 나의 중년 이후 인생을 차지하고 있으며 앞으로도 호박 관련 사업은 계속될 것이다. 이제는 내 인생이 늙은호박 같고 늙은호박이 바로 나인 것 같다.

뜨거운 여름날의 햇볕 아래 늙은호박이 안으로 자신의 붉은 살을 채워가듯 나 자신도 그동안 참샘골농원과 우리 농업 농촌을 위해 최선을 다하여 일해 왔다. 그러는 동안 수많은 시행착오를 거치기도 했으나 그렇게 땀 흘린 노력은 과분하게도 대내외적으로 인정을 받았다. 농부로서 호박명인이 되어 대통령상까지 수상하고 농기업 참샘골식품을 이만큼 이루게 된 것은 개인적으로 더 바랄나위 없는 영광스러운 일이라고 생각한다.

하지만 하늘이 나에게 부여해 준 성공은 나 개인의 만족을 위한 것이라고는 생각하지 않는다. 우리 마을, 함께 잘 사는 우리 농촌의 미래를 생각하고 나아가 우리 대한민국 전체 국민의 건강한 먹거리와 더불어 살 만한 세상을 만들어 가라는 소명이라고 생각한다. 나는 그 소명을 위해 농촌융복합산업을 더욱 발전시키고 글로벌 농기업의 위상을 향하여 도전을 멈추지 않을 것이다.

# 부록

참고자료 및 언론보도, 관련사진

# 참고자료 및 언론보도, 관련사진

## 1. 맷돌호박 흑색비닐 멀칭 재배법

맷돌호박 흑색비닐 멀칭 및 키토산농법 기술개발

○ 키토산 농법

한정된 토지에서 최소한의 노동력으로 까다로운 시장 욕구에 잘 팔릴 수 있는 질 좋은 농산물을 생산하는 길만이 어려운 우리 농업이 다른 산업에 비해 경쟁력을 확보할 수 있는 유일한 길이다.

그러나 우리 농촌의 현실은 과거 수십 년간 생산량을 높이기 위해 화학농약과 화학비료에 크게 의존하여 지력이 약해졌고, 생태계마저 파괴되었다.

산성화된 토양, 흙의 생명력을 잃은 농촌은 모든 작물을 제대로 키울 수 없는 상태가 되었고 제 맛을 잃고 상품성이 약한 농산물은 소비자의 외면으로 농업인들의 실망만 가중되는 결과가 되었다.

이러한 문제들을 극복하는 방법은 친환경농산물이나, 기능성 농산물로 소비자와 세계시장을 장악할 수 있는 친환경농산물을 생산하는 길만이 우리 농업이 살아갈 수 있는 방법이라 생각되어 맷돌호박에 키토산을 적용하여 2001년부터 친환경농산물 품질인증을 획득하여 재배하고 있다.

맷돌호박 흑색비닐 멀칭재배법

 유기질퇴비와 밑거름을 전면에 살포한 후 트랙터로 1차 경운작업을 한다. 2차로 호박밭 두둑 폭을 1m 80cm 되게 경운 및 골타기 두둑 만들기 작업을 한다.

 흑색비닐 두께 0.02m, 폭 2m 10cm로 호박밭 두둑 전면에 멀칭을 한다. 호박밭에 흑색비닐 멀칭을 하게 되면 가뭄 때는 수분 증발을 막아주고 호박 초기 생육 시에 잡초 발생을 억제하여 친환경농법에 매우 효과적이다.


 ○ 호박씨 파종

 종자 소독약제로는 벤레이트티와 파워키토를 이용한다.

 벤레이트티 소독은 침지 1시간 후 건조하고 파워키토 300배 액에(수온 25~30℃) 50~60분간 침지 후 준비된 육묘포트에 파종하고 남은 액은 버리지 않고 파종상에 뿌린다. 이때 파종상의 온도는 25~28℃ 정도로 한다.


 ○ 호박 육묘 관리

 호박도 다른 박과 채소와 마찬가지로 육묘기간 동안 저온단일처리를 함으로서 암꽃의 착생수를 높일 수 있다. 단일처리 시기는 자엽기에는 효과가 없고 잎 면적이 최저 7~8cm(제1엽 반 전개기) 이상 되어야 효과가 있다. 또한 단일처리 시간은 8~10시간이 적당한 것으로 알려져 있다. 관수는 파워키토 1,000배 액을 7일 간격으로 2~3회 관수 또는 엽면 살포한다.


 ○ 호박본밭정식

유기질 시비량을 일반재배보다 증량 시비하여 밭갈이할 때 파워키토산 분말을 살포하여 함께 사용하고 정식 10일 이전에 호박두둑에 폭 180cm의 검은 흑색비닐을 씌우고 재식거리는 폭 1m 50cm, 두둑 기준으로 3m 가량 띄우면 된다.

정식하기 하루 전날 파워키토 500배 액을 육묘상에 골고루 관수하여 정식 시 뿌리의 활착을 꾀한다. 발아 후 30~35일 분엽이 4~5매일 때가 정식 적기이다.


○ 호박정식 후 관리

정식할 때 파워키토를 주어 활착을 촉진시키고, 활착된 후는 수분이 부족할 때 파워키토 600~800배 액을 관수하여 주는데 이때 너무 많이 분무하지 않도록 주의한다. 생육기에는 파워키토산 1200배 액을 10일 간격으로 2~3회 관수하여 준다.


## 2. 늙은호박 저장 기술 개발 연구 자료
### (단국대학교 논문 발표 우수상 수상)

늙은호박 상온 장기저장에 관한 연구


### I. 서론

호박은 버려진 공한지나 유휴지의 척박한 땅에서도 재배가 용이한 식물로 옛날부터 사람에게 친근한 식품으로 알려져 호박이 넝쿨째 굴러들어온다는 유래까지 생겨 전해 내려오고 있다.

최근 들어 늙은호박이 건강식품으로 인기가 높고 수요가 늘어 호박 재배 농가가 급속히 증가하고 있으나 호박의 특성상 저장이 잘 안되고 출하가 계절적으로 집중되어 가격이 불안정하다. 이러한 문제를 해결하기 위해서는 새로운 저장법을 개발하는 것이 시급한 과제라 생각되어 저장실험을 하게 되었다.

본 실험은 버섯재배사 균상을 활용하여 버섯 재배 농가의 제일 고민거리인 버섯 연작피해를 막아주고 호박 재배 농가에게는 저장시설에 대한 투자 없이 부가가치 높은 소득을 올려 모든 농업인이 신지식농업을 공유하여 안정적인 농업소득을 올리는데 목적을 두고자 한다.

## II. 재료 및 방법

늙은호박 저장 실험은 국내에서 참고할 만한 문헌이 없기 때문에 본인의 독자적인 연구로 5년 동안 여러 차례의 실패와 시행착오를 겪으며 이루어졌다.

최종 실험 장소는 본인의 '버섯재배사'와 대조구로 일반농가에서 관행적으로 하고 있는 '빈방'을 선택하여 1998년 10월 15일부터 1999년 5월 15일까지 7개월 동안 저장하여 호박의 부패율과 감량비율에 대하여 실험평가를 하였으며 그 실험 방법 및 결과는 다음과 같다.

### 1. 공시재료

늙은호박 품종은 흥농종묘사에서 육종되어 일반에 시판되고 있는 '단맛맷돌호박'을 직접 재배하여, 착과된 지 60일 이상 완숙된 호박만을 수확하고 호박꼭지를

5~7일 동안 햇볕에 잘 말려 호박의 습기를 완전히 제거한 다음 상처와 흠집이 없는 것을 최종 선별하여 사용했다.

2. 저장처리 방법

(1) 환경조건 저장 (버섯재배사)

가. 버섯재배사 균상 바닥에 통기성 보온재를 깔고 호박에 충격이 가지 않도록 조심스럽게 2단으로 쌓고, 호박과 호박 사이는 통풍이 잘 되도록 약 3cm가량 간격을 두고 균상면적 1평에 65개씩 62평 1동에 4,030개를 저장하였다.

나. 온도관리는 보일러를 이용하여 12℃~14℃를 유지해 주고, 습도는 송풍기로 조절하여 65~70%를 항상 유지해 주었다.

다. 호박에서 발생하는 에틸렌가스 농도를 자동송풍조절시스템으로 0.02ppm 이하로 제거하였다.

라. 매일 1회씩 저장실에 들어가 환경 조건을 체크하고 부패된 호박이 있으면 즉시 제거해 주었다.

(2) 일반관리조건 저장 (빈방)

가. 빈방 바닥에 보온재를 깔고 호박에 충격이 가지 않도록 조심스럽게 6단으로 쌓아 1평에 195개씩 8평 빈방에 1,560개를 저장하였다.

나. 온도 관리는 보일러를 이용하여 12-14℃를 유지해주고 습도는 일반 관행대로 자연습도에 맡겼다.

다. 호박에서 발생하는 에틸렌가스를 주방용 환풍기를 달아 적당히 제거해 주었다.

(ㅋ) 관리 방법

저장호박 관리를 대조구 모두 1일에 1회씩 저장실에 들어가 환경조건을 체크하고 부패된 호박을 즉시 제거해 주었다.

그러나 환경조건(버섯재배사)에서는 빈 공간이 넓기 때문에 부패된 호박을 제거하기가 용이하여 저장기간 동안 100% 제거해 주었으나 일반관리조건(빈방)에서는 공간이 좁고 호박을 6단으로 쌓았기 때문에 밑에서 부패된 호박은 모두 제거하기가 어려워 80%밖에 제거하지 못하였음을 알려두고자 한다.

(ㄴ) 조사방법

환경조건 저장실험과 일반관리조건 저장실험에서 모두 호박의 부패비율과 감량비율을 조사하였다.

조사방법은 2000년 10월 15일부터 2001년 5월 15일까지 7개월 동안 이루어졌으며 '부패율'은 대조구 모두 처음 저장할 때 무게가 똑같은 호박을 각각 10개씩 표시해 두었다가 월별로 썩지 않고 남은 호박을 가지고 무게를 달아서 계산했다.

Ⅲ. 결과 및 고찰

1. 환경조건 저장(버섯재배사)

버섯재배사의 넓은 공간에서 최적의 환경조건, 온도 12~14℃, 습도 65~70%, 에틸렌가스 농도 0.02ppm 이하로 맞추어줌으로써 부패율 10%, 감량비율 1.6%로 매우 좋은 결과가 나타났다.

그리고 매일 1회씩 저장실에 들어가 부패된 호박을 100% 제거해준 것이 에틸렌 가스를 줄이는데 상당부분 효과적으로 도움이 되었음을 알 수 있었다.

## 2. 일반관리조건 저장 (빈방)

일반관리 빈방 저장에서는 처음 1달 동안은 부패율, 감량 비율 모두 버섯재배사 환경조건 저장과 같았으나 저장 2개월부터는 부패율이 5%정도 더 높아졌으며 저장 종료 시에는 무려 50%나 부패되었다. 감량 비율도 환경조건에 비해 1%정도 더 높아졌다.

## 3. 호박 부패의 원인 분석

저장기간 동안 90% 이상이 5가지 주요원인에 의해 부패한 것으로 관측되었다.

① 에틸렌가스 피해에 의한 부패

② 미완숙과 저장에 의한 부패

③ 저장 시 충격에 의한 부패

④ 꼭지부위 이탈에 의한 부패

⑤ 상처부위에 의한 부패

장기간 저장하기 위한 호박은 상호 압박이나 충격을 받지 않고 상처를 입지 않도록 하여야 하며 덜 익은 미숙과를 가려내고 꼭지 절단 시 너무 짧게 자르거나 날카롭게 하지 않아야 된다.

그리고 저장기간 동안 부패된 호박은 즉시 가려내어 에틸렌가스 발생을 줄여야 할 것으로 판단되었다.

## Ⅳ. 결론

  늙은호박의 장기 저장은 호박의 특성상 에틸렌가스가 많이 발생하여 부패율이 높고, 상온저장을 하여 최적의 온도, 습도 조건을 맞추어 주어야 된다. 그러므로 기존 일반 농가에서 관행적으로 해오고 있는 일반관리 저장법은 실험에서 나타난 것처럼 부패율이 50%로 너무 높기 때문에 경제성이 없음을 알 수 있다.

  그러나 환경조건 저장기술은 기존 버섯재배사의 넓은 선반식 균상시설을 활용하여 새로운 저장시설 투자를 하지 않고 약간의 보수비용으로 최적의 환경조건을 만들어 주어, 실험에서 나타난 것처럼 부패율 10%, 감량비율 1.6%로 저장율이 우수하여 경제성이 매우 좋았다.

  그러므로 호박 수확기인 10월부터 익년 5월까지 늙은호박을 버섯재배사에 저장하여 가격이 좋은 단경기 때 출하하고, 6월부터 9월까지는 여름버섯을 재배하면 버섯 연작피해를 줄이면서 버섯재배사를 100% 활용할 수 있다. 기존 버섯 재배 농가에서 위와 같은 작목체계를 잘 활용하면 부가가치 높은 농가소득을 올릴 수 있을 것으로 생각된다.

입력 : 2017-03-07 22:42 ㅣ 수정 : 2017-03-08 00:14

[新전원일기] 묵히면 돈 되는 늙은 호박… 넝쿨째 굴러온 방문객
〈47〉 '참샘골 호박농원' 최근명 대표

'나, 호박 너무 좋아/ 호박은 나에게는/ 어린 시절부터 마음의 고향으로서/ 무한대의 정신성을 지니고/ 세계 속 인류들의/ 평화와 인간찬미에 기여하고/ 마음을 편안하게 해주는 것이다./ 호박은 나에게는 마음속의/ 시적인 평화를 가져다준다.'

물방울 무늬가 가득한 호박 작품으로 유명한 일본의 설치미술가 구사마 야요이가 쓴 '호박에 대하여'라는 글의 일부이다. 오랫동안 극심한 신체적, 정신적 질환에 시달렸던 그는 호박죽을 먹으면서 몸을 회복했고, 이러한 경험은 호박에 대한 찬미와 호박을 주제로 삼은 여러 뛰어난 작품의 창조로 이어졌다고 전해진다.

최근명 참샘골 호박농원 대표가 지난달 27일 충남 서산에 자리한 농원 저장창고에서 호박들을 배경으로 포즈를 취하고 있다.

'호박 때문에 나는 살아내는 것이다'고 했던 현해탄 너머의 설치미술가 못지않게 호박을 사랑하고 찬양하는 농부가 있다. 충남 서산시 대산읍 운산리에 위치한 '참샘골 호박농원'의 최근명(64) 대표다. 서산시가 공인한 '호박 명인'이기도 한 그의 손을 거쳐 새롭게 탄생한 늙은호박의 변신은 가히 예술적이라 말할 만했다.

서산 손형준 기자 boltagoo@seoul.co.kr

## # 4전 5기 끝에 만난 복덩이 호박 한 덩이

충남 공주 출신의 최근명 대표가 서산에 처음 터를 잡게 된 계기는 1977년 군복무를 마치고 육군 병장으로 제대하면서다. 그는 군 복무 시절, 부대 근처에 있던 젖소 농장에서 우유를 짜는 농부의 모습을 보고 큰 흥미를 느꼈다고 한다.

"제가 1970년대에 군 복무를 했는데 그 시절만 해도 우유를 먹는다는 게 굉장히 생소했어요. 그런데 앞으로 우유 먹는 사람들이 늘어날 것 같다는 예감이 들었습니다."

당시 서산에는 '삼화목장'이라는 큰 목장이 있었다. 제대 직후 그곳에 취업한 그는 3년 동안 낙농 기술을 배운 후 독립했다. 지금도 동네의 유명한 참샘 이름을 따다 지은 '참샘골 목장'이라는 이름은 현재 '참샘골 호박농원'의 전신이 되는 셈이다.

낙농업이 유망한 산업이 되리라 생각했던 24세의 청년 최씨의 예상은 적중했다. 1980년대 산업이 발달하고 생활수준이 높아지면서 우유 소비가 늘어났다. 송아지 6마리로 시작한 그의 목장은 젖소 30마리까지 늘어났다. 10년간 승승장구하던 그의 목장에 위기가 찾아온 것은 1990년 '우루과이 라운드' 협상이 실시되면서였다.

저렴한 수입 우유가 국내에 들어오면서 많은 축산농가가 타격을 입었다. 사료값도 못 건질 정도로 우유값이 떨어지자 목장을 정리할 수밖에 없었다.

수입 개방과 상관없는 산업에 도전해야겠다는 생각에 두 번째로 시도한 것은 토종닭 사육이었다. '참샘골 토종닭'을 설립해 토종닭을 방사해 키웠다.

"여름에는 토종닭 장사가 괜찮았어요. 그런데 겨울이 되니 닭을 찾는 사람들이 줄어들더라고요. 저 혼자 하는 영세업체라 유통 시스템을 갖추기도 어려웠고요. 결국 1억 원 정도 손해를 보고 그만두게 되었습니다."

세 번째로 도전한 우렁 양식업에서도 같은 이유로 실패했다. 대형 수조 설비를 갖추고 우렁을 잘 키우는 데에만 주력한 나머지 판로 개척에는 크게 신경 쓰지 못했다. "지금 생각해 보면 유통에 대한 마인드가 전혀 없었던 거죠." 최씨가 씁쓸하게 웃었다. 네 번째 도전이었던 느타리버섯 재배도 겨우 1년 만에 접어야 했다. 농업환경 변화가 큰 이유였다. "1995년부터 느타리버섯에 갈반병이라는 병이 유행하기 시작했어요. 더 이상 버섯이 자랄 수 없을 정도로 주변 환경이 오염돼 생긴 병이래요. 첨단 무균 재배 설비를 갖춰야 앞으로 계속 버섯사업을 할 수 있다고 하는데 그저 막막했죠. 이미 앞서 세 번이나 실패했던 탓에 가진 돈이 없었거든요."

수차례 실패 끝에 몸과 마음은 만신창이가 됐다. 그는 갈반병이 든 것을 추려내고 얼마 남지 않은 버섯을 팔아치운 다음 농사를 포기하기로 했다. 그런데 느타리버섯을 팔러 간 서울 가락동 농수산물시장에서 만난 늙은호박 한 덩이가 그의 인생을 역전시켜 줄 복덩이가 됐다.

"가락동 시장에서 호박 장수를 만났는데, 늙은호박 한 덩이에 1만~2만 원씩 파는 거예요. 왜 이렇게 비싸게 받느냐고 물었더니 가을철에 한 개 2000원이면 살 수 있는 호박이 봄과 여름철이면 값이 열 배, 스무 배까지 치솟는다고 하더군요. 저장 이 어려워서 그렇대요. 호박 장수가 '누가 호박 저장 기술만 개발하면 그 사람은 떼 돈 벌 텐데'라고 지나가는 말로 던진 한마디가 제게는 구원의 종소리처럼 들렸어요. 그래 이거다. 내가 그 기술을 개발해야겠다고 생각했죠."

## # 미래의 농업을 준비하는 선견지명

자신만만하게 도전했지만 첫해 '참샘골 호박농원'에서 재배한 호박은 다 썩어버 려 폐기처분을 해야 했다. 수차례의 시행착오, 수년간의 연구 끝에 1998년 호박 장 기 저장 기술을 개발했을 때 최 대표는 천하를 모두 얻은 기분이었다고 한다. 온도

최 대표와 아내 이혜란 씨가 수확한 호박들을 옮기고 있다

10도 내외, 습도 60%의 건습 상태, 에틸렌 가스농도 0.02ppm 이하, 그가 찾아낸 최상의 호박 저장 환경이다.

전국 최초로 호박 저장법을 개발하고, 자동화 시스템을 갖췄다는 참샘골 농원의 호박 저장실 문을 열고 들어섰다. 향긋한 호박 냄새가 50평 규모의 저장실 전체에 감돌았다. 수천 통의 굵직한 호박들이 층을 지어 가지런히 놓여 있는 모습이 압도적으로 느껴졌다. 자동 조절 시스템을 통해 잘 관리된 호박들은 겨울을 지나 초봄에 이르렀는데도 여전히 단단하고 싱싱했다. 이곳에서 생산되는 노란색 늙은호박은 모양이 맷돌처럼 둥글납작해 '맷돌호박'이라고도 불리는데, 비타민과 식이섬유, 베타카로틴 등 항산화 성분이 풍부하기로 유명하다.

60대에 접어든 최 대표와 이야기를 나누며 가장 놀라웠던 것은 그의 탁월한 선견지명이었다. 1990년대 농업인들 사이에 브랜드에 대한 인식이 무지하던 시절에 그는 이미 '참샘골'이라는 브랜드를 만들고 상표 등록까지 마쳤다. 이후 업종을 바꾸면서도 참샘골이라는 브랜드를 포기하지 않았다. 2000년 농촌진흥청에서 무료로

최 대표 부부가 아들 정환(왼쪽) 씨와 농원 입구에서 호박을 들어 보이고 있다

홈페이지를 개설해 준다는 공고가 떴을 때에도 가장 먼저 신청해 '농업인 1호 홈페이지'를 구축했다.

"그때만 해도 인터넷으로 농산물을 판다는 건 상상하기 어려운 시절이었어요. 하지만 저는 앞으로 인터넷 시대가 되고, 호박도 쇼핑몰을 통해 팔 수 있는 시대가 오리라고 생각했습니다."

홈페이지를 만든 후에도 1년이 훨씬 넘도록 단 한 건의 주문도 없었다. 그럼에도 하루도 거르지 않고 매일 아침 일어나자마자 주문 내역을 확인했다. 첫 주문이 들어온 것은 홈페이지 개설 후 1년 반이 지난 시점이었다. 이후 조금씩 소문이 나고 매스컴에 소개되면서 주문량이 늘기 시작했다. 각 가정에 인터넷 보급이 폭발적으로 늘어나면서 쇼핑몰 매출도 폭증했다.

"쇼핑몰에서 호박을 판매하면서 가장 좋았던 것은 고객들의 반응을 즉각적으로 볼 수 있다는 점이었어요. 게시판을 통해 고객들이 남긴 의견을 꼼꼼하게 읽고 소통했죠. 그 과정에서 다음 사업에 대한 아이디어도 자연스럽게 얻을 수 있었습니다."

호박즙과 호박죽 등 호박 가공식품 생산까지 사업을 확장하게 된 계기는 고객의 요청 때문이었다. 2002년 한 여고생이 '호박 달인 물이 여성 미용, 다이어트, 부기 제거에 효과적이라며 호박즙을 만들어 달라'는 글을 홈페이지에 남겼다. '호박 미인'이라는 이름으로 출시된 호박즙이 대박을 내면서 2차 산업으로의 진출은 자연스

직원들이 호박즙을 만들기 위해 호박 껍질을 벗기고 있다

직원들이 호박죽 포장을 하고 있다

체험 관광객들이 호박전을 부치고 있다

럽게 이루어졌다. 이후 2005년 한서대 식품공학과와 산학협약을 체결해 국내 최초로 '레토르트 고구마호박죽'을 개발했고, 2012년에는 임신부의 배 뭉침과 조산을 막아주는 데 효과가 있다는 '호박손달인물 액상차'를 개발해 출시했다. 모두 고객들의 요청에 따른 제품 개발이었다.

## # 농원매출 5억 중 가공품 판매 85% 차지

지난해 참샘골 호박농원의 매출은 5억여 원, 그중 85%가 호박 가공품 판매에서 거둔 수익이다. 이제 호박 농사보다 가공이 더 큰 비중을 차지하게 됐다. 호박 저장 시설을 잘 구축해 놓은 덕에 연중 내내 호박 가공품을 일정하게 생산할 수 있다.

참샘골 호박농원이 생산한 호박죽 가공식품

"참샘골 가공식품이 인기를 얻은 가장 큰 이유는 원재료인 호박이 맛있기 때문이라고 생각해요. 황토땅에서 서해안의 해풍을 맞고 자란 참샘골 호박은 농약과 화학비료를 전혀 쓰지 않습니다. 계약 재배 중인 농가에서도 마찬가지로 적용되는 원칙이죠."

모든 제품을 인터넷 직거래로 판매하는 참샘골 호박농원의 홈페이지 우수회원 고객은 2만여 명에 이른다. 연간 100t 이상 규모의 호박이 가공식품의 원재료로 쓰인다. 최 대표 혼자서 감당할 수 있는 규모가 아니어서 지역농민 여러 가구와 10만㎡ 규모로 재배 계약을 맺어 수매한 호박을 재료로 쓰고 있다. 참샘골 호박이 유명해지면서 인근 지역에서 호박을 재배하는 농가가 점점 늘어나고 있다고 말하는 최 대표에게 경쟁자가 많아지는 것 아니냐고 묻자, 오히려 "더 늘어서 맷돌호박이 서산을 대표하는 지역 명물이 됐으면 좋겠다"고 답했다.

"맷돌호박하면 서산이 가장 먼저 떠오를 정도로 유명해지길 바랍니다. 그러면 호박을 보고, 체험하러 이곳을 찾는 사람들도 더 늘어나겠지요. 이 마을을 대한민국 최고의 호박 테마파크로 키우는 것이 제 꿈입니다."


# 호박체험관 운영… 마을주민과 수익 나눌 것


그동안 최 대표는 바쁜 와중에도 10년 전부터 일본을 오가며 3차 산업 진출을 준비해 왔다. 일본 규슈 지방의 후쿠오카현을 방문했을 때 소바(메밀국수) 만들기 체험을 하는 것을 보고 호박 따기 체험뿐 아니라 호박칼국수, 호박피자 만들기 등 다양한 프로그램을 개발했다. 3차 산업은 문화와 체험을 파는 일이기 때문에 마을 주민들의 협조가 필수적이었다. 처음에는 반신반의하던 주민들도 앞으로 6차 산업의 시대가 올 거라는 최 대표의 끈질긴 설득에 넘어갔다.

마을 주민들과 합심해 노력한 결과, 2008년 녹색농촌체험마을로 지정돼 정부로부터 2억 원을 지원받았고 호박체험관을 지을 수 있었다. 이러한 노력을 인정받아 최 대표는 2013년 농림축산식품부가 개최한 '제1회 6차 산업 경진대회'에서 대상을 수상했다. 지난해 이곳을 다녀간 방문객은 5,000명 정도다.

"체험관을 지으면서 3차 산업을 통해 거두는 수익은 마을 사람들과 모두 나누겠다고 약속했습니다. 앞으로 3차 산업 수익이 점점 더 커지겠지만, 그건 제 몫이 아니에요."

향긋한 호박향이 가득한 농원을 떠나 서울로 향하는 차 안에서 '호박에 줄긋는다고 수박 되랴'라는 속담이 참으로 폭력적이라는 생각을 했다. 호박이 수박보다 못할 이유도, 호박이 수박이 되어야 할 이유도 없다. 호박은 호박 나름의 개성, 달콤한 맛과 향이 있다.


## 4. 중앙일보 특집 기사 (왜~ 6차산업인가)

2010년 11월 27일


왜~ 6차산업인가


◇ 참샘골호박농원 6차산업 성공사례

"생산 + 가공·유통 + 관광 융합" 6차산업이 대세,

호박 + 호박미인 + 체험관광 결합… 매출 10배 뛰어

◇ 1차산업 : 맷돌호박 전문생산 및 상온저장법 개발

충청남도 서산시 대산읍 참샘골 호박 농원의 호박 창고에는 넓적한 맷돌 호박이 1만개 정도 가지런히 정돈돼서 쌓여 있었다. 호박은 가을에 수확하는데, 보통 3개월 정도만 지나면 썩어 버린다. 하지만 이 호박의 주인인 최근명(61) 씨는 걱정이 없다. 호박을 상온에서 장기 저장할 수 있는 기술을 2000년 개발했기 때문이다.

최씨는 "한번 자리 잡은 호박은 절대로 옮기지 않고 창고 온도는 12~14도, 습도는 60~65%로 유지하는 게 비결"이라며 "호박 가격이 가을엔 kg당 500~600원이지만, 봄이 되면 kg당 2,000~3,000원으로 오르고 여름이 되면 8,000원을 넘어선다"고 말했다. 그렇지만 최씨는 호박 장기 저장 비법을 숨기지 않는다. 오히려 만나는 사람마다 알려준다.

충남 서산 참샘골 호박농원 최근명 대표가 상온저장실에서 보관 중인 호박을 들어 보이며 활짝 웃고 있다. 최씨는 지난 2000년 호박을 상온에서 장기 저장할 수 있는 기술을 개발, 연 5억 원대의 매출을 올리고 있다.

◇ 2차산업 : 인터넷으로 호박만 팔다. 호박죽 가공상품 개발로 '대박'

2000년대 초반 호박 장기 저장법을 개발한 최씨는 처음엔 다른 농부들처럼 호박을 도매시장에 내다가 팔았다. 하지만 상인들의 텃세가 심해 쉽지 않았다. 그래서 인터넷으로 호박을 팔기 시작했다. 그러다 한 고객이 "호박만 팔지 말고 간편하게 먹을 수 있는 호박즙도 파세요. 호박이 피부 미용에 좋다는데 호박즙 먹고 미인이 되고 싶어요"란 글을 최씨의 홈페이지에 올렸다. 최씨는 여기서 아이디어를 얻어

2003년 '호박미인'이란 브랜드를 특허청에 상표 등록하고 호박즙과 호박죽을 만들어 인터넷으로 팔기 시작했다. 1년 내내 원료 공급이 가능한 이점이 있었다. 최씨는 1년에 약 3만개의 가공품을 포장해 판매하고 있다.

◇ 3차산업 : 호박 전통음식 체험 및 호박피자 만들기 먹거리 체험 개발

2004년엔 체험 관광 프로그램도 개발했다. 인터넷에 "주말에 애들 데리고 농장에 가서 체험하고 싶다"는 글이 올라온 것을 보고 착안한 것이다. 최씨는 "당시만 해도 그 글을 보고 '지저분한 농촌을 왜 보고 간다고 하지'란 의문이 들었다"며 "하지만 초청해 보니 농장을 직접 보면 소비자들이 신뢰하고 믿게 된다는 걸 깨달았다"고 말했다. 덤으로 체험만 하고 가는 게 아니라 제품을 한 보따리씩 사간다는 것이다.

최씨는 3차산업 체험 관광은 처음에는 혼자 했지만 하기 버거워 회포마을 주민들과 같이 하고 있다.

호박피자 만들기 등 아이들이 좋아하는 프로그램도 만들었다.

◇ 6차산업 성공사례 강사로 활동

2013년엔 서울의 중소 유통업체에서 일하던 아들 최정환(30) 씨가 아버지 일을 돕겠다면서 귀농을 했다. 최씨는 "아들이 내려와서 마케팅에 신경을 덜 쓰고 가공에 전념할 수 있게 돼 매출이 10% 늘고 6차산업 대상을 수상한 선도주자로 알려지면서 전국에서 강의 요청이 밀려와 6차산업 성공사례 강사로 활동도 하고 있다"고 말했다.

## 5. 조선일보 신문기사
### [쿨 애그(Cool Agriculture) 시대, 농업에서 미래를 본다]

입력 : 2014. 01. 14 03:00 | 수정 : 2014. 01. 14 10:56

호박 + 호박미인(호박즙 · 호박죽 브랜드) + 체험관광 결합… 매출 10배 뛰어

서산=선정민 기자

['쿨 애그(Cool Agriculture)' 시대… 농업에서 미래를 본다] [3]
호박 상온 장기 저장법 개발, 1년 내내 가공품 만들어 팔아

– 생산 · 가공 · 관광 융합이 대세

전북 임실 치즈마을 대표적… 횡성 금나루무지개마을도 누룽지 가공·농촌체험으로 대박.

지난달 25일 충청남도 서산시 대산읍 참샘골 호박농원의 호박 창고에는 넓적한 맷돌호박이 1만개 정도 가지런히 정돈돼서 쌓여 있었다. 호박은 가을에 수확하는데, 보통 3개월 정도만 지나면 썩어 버린다. 하지만 이 호박의 주인인 최근명(60) 씨는 걱정이 없다. 호박을 상온에서 장기 저장할 수 있는 기술을 2000년 개발했기 때문이다. 최씨는 "한번 자리 잡은 호박은 절대로 옮기지 않고 창고 온도는 12~14도, 습도는 60~65%로 유지하는 게 비결"이라며 "호박 가격이 가을엔 kg당 1,000~2,000원이지만, 봄이 되면 kg당 8,000~1만 원으로 오르고 여름이 되면 2만 원을 넘어선다"고 말했다. 그렇지만 최씨는 호박 장기 저장 비법을 숨기지 않는다. 오히려 만나는 사람마다 알려준다.

/신현종 기자

지난달 25일 충남 서산 '참샘골호박농원' 최근명 대표가 상온저장실에서 보관 중인 호박을 들어 보이며 활짝 웃고 있다. 최씨는 지난 2000년 호박을 상온에서 장기 저장할 수 있는 기술을 개발, 연 4억 원대 매출을 올리고 있다.

최씨가 돈을 버는 곳은 따로 있기 때문이다. 최씨는 1년 내내 창고에 보관해 놓은 호박을 호박즙, 호박죽으로 만들어 인터넷 쇼핑몰에 내다 팔고 있다. 작년 한 해 매출은 4억 원. 최씨는 "호박만 팔면 연간 4,000만 원밖에 못 벌지만, 가공해서 팔면 10배의 매출을 올릴 수 있다"고 말했다. 최씨는 여기에 더해 마을 주민들과 함께 '사계절 호박이 익어가는 마을'이란 구호로 체험 관광 프로그램을 운영하고 있다. 작년 한 해에만 5,000명이 찾았다. 체험 관광 매출도 5,000만 원을 올렸다.

◇ 인터넷으로 호박 팔다 호박즙·호박죽으로 '대박'

2000년대 초반 호박 장기 저장법을 개발한 최씨는 처음엔 다른 농부들처럼 호박을 도매시장에 내다 팔려고 했다. 하지만 상인들의 텃세가 심해 쉽지 않았다. 그래서 인터넷으로 호박을 팔기 시작했다. 그러다 한 고객이 "호박만 팔지 말고 간편하게 먹을 수 있는 호박즙도 파세요. 호박이 피부 미용에 좋다는데 호박즙 먹고 미인이 되고 싶어요"란 글을 최씨의 홈페이지에 올렸다. 최씨는 여기서 아이디어를 얻어 2003년 '호박미인'이란 브랜드를 특허청에 상표 등록하고 호박즙과 호박죽을 만들어 인터넷으로 팔기 시작했다. 1년 내내 원료 공급이 가능한 이점이 있었다. 최씨는 하루에 8,000~1만개의 가공품을 포장해 판매하고 있다. 호박 가공품 대 호박의 매출 비율은 95대 5 정도이다.

**농가의 3단계 수익 구조**
괄호 안은 매출

| | 1차 농업 | | 2차 가공 | | 3차 관광 | |
|---|---|---|---|---|---|---|
| 참샘골호박농원 | 호박 농사 | 4000만원 | 호박즙·호박죽 가공 | 4억원 | 체험 관광 | 5000만원 |
| 횡성 금나루무지개마을 (7개 마을) | 친환경 쌀 | kg당 6만원 | 누룽지 가공 | kg당 21만6000원 연간 6억원 | 체험 관광 | 1억4000만원 |
| 임실 치즈마을(69가구) | 쌀 농사 | 8억원 | 치즈·요구르트 가공 | 5억원 | 체험 관광 | 12억원 |

2004년엔 체험 관광 프로그램도 개발했다. 인터넷에 "주말에 애들 데리고 농장에 가서 체험하고 싶다"는 글이 올라온 것을 보고 착안한 것이다. 최씨는 "당시만 해도 그 글을 보고 '지저분한 농촌을 왜 보고 간다고 하지?'란 의문이 들었다"며 "하지만 초청해 보니 농장을 직접 보면 소비자들이 신뢰하고 믿게 된다는 걸 깨달았다"고 말했다. 덤으로 체험만 하고 가는 게 아니라 제품을 한 보따리 사간다는 것이다. 최씨는 체험 관광은 혼자 하기 버거워 마을 주민들과 같이 하고 있다. 호박 피자 만들기 등 아이들이 좋아하는 프로그램도 만들었다. 2010년엔 서울의 중소 유통업체에서 일하던 아들 최정환(30)

씨가 아버지 일을 돕겠다면서 귀농을 했다. 최씨는 "아들이 내려와서 마케팅에 신경을 덜 쓰고 가공에 전념할 수 있게 돼 매출이 10% 늘었다"고 말했다.

◇ "생산 +가공·유통 +관광 융합"이 대세

최씨처럼 개인이 아니라 마을이 뭉쳐서 재배, 가공, 관광을 융합하는 경우도 있다. 강원도 횡성의 금나루무지개마을은 7개 리(里)가 모여 친환경 쌀 재배를 하고 누룽지를 만드는 공동 사업을 펼친다. 쌀 20kg은 6만 원 정도 받는데, 이를 누룽지 20kg으로 가공하면 216,000원을 받는다. 2012년에 누룽지 가공으로 6억 원의 매출을 올렸다. 친환경 농촌 체험을 위한 방문객도 한 해 1만7,000명에 달한다. 체험 관광센터인 금계문화교류센터에서 1억4,000만 원의 매출이 나왔다.

대표적인 농촌 체험 마을인 전라북도 임실 치즈마을도 성공 사례다. 임실 치즈마을은 국내 최초로 지정환 신부가 가난한 농민들을 돕기 위해 산양 두 마리를 밑천 삼아 치즈 가공을 시작한 지역이다. 69가구가 사는 마을에서 체험 관광 매출이 12억 원으로 판매 매출 5억 원을 훨씬 웃돈다. 체험객만 연 7만 명이 넘는다. 치즈마을에서는 치즈 체험장, 농특산물 판매장, 숙박, 식당을 마을 공동으로 운영한다.

## 6. 호박요리 레시피

### – 호박 전통음식 만들기 및 다양한 호박요리

• 호박식혜      • 호박꿀찜      • 호박칼국수      • 호박게국지
• 호박전        • 호박떡        • 호박죽

호박식혜       호박꿀찜       호박칼국수       호박게국지

호박전       호박떡       호박죽

### (1) 호박칼국수 만들기

호박의 영양 성분을 살펴보면 무엇보다 카로틴이 풍부하고 피부를 곱게 하는 비타민과 다이어트와 변비에 좋은 섬유질이 많이 함유되어 있다. 맷돌호박은 과육색이 진황색이라 호박칼국수 색깔이 예쁘고 호박 특유의 향이 풍기며 졸 깃하고 맛있다. 바쁘게 사는 현대인들에게 좋은 '힐링' 호박칼국수 만들기 체험은 건강을 지키면서 입맛을 돋우는 전통음식 먹거리 체험이다.

재료

맷돌호박 작은 것 1개, 애호박 1개, 밀가루 2컵, 조갯살 100g, 소금 2큰술, 계란 1개, 다진마늘 2작은술, 실파 1뿌리, 국간장 약간

2. 만들기

① 맷돌호박은 속을 파내고 강판에 갈아서 호박 과육즙을 낸다.

② 밀가루를 호박 과육즙으로 반죽한 다음 홍두깨로 얇게 밀어 채 썬다.

③ 바지락 육수를 내어 채 썬 면을 넣고 끓어오르면 조갯살을 넣고 더 끓인다.

④ 애호박은 채 썰어서 볶고 계란은 지단을 부쳐 채 썰어 고명으로 얹어낸다.

⑤ 바지락 육수에 노오란 호박칼국수는 색깔도 예쁘고 식감도 쫄깃하고 맛있다.


(2) 호박게국지 만들기

예부터 서산지방 사람들은 김장을 담글 때 게를 담아두었던 간장 또는 젓국물 그리고 소금에 살짝 절인 호박, 배추와 열무를 넣어 삭힌 게국지를 담아 먹었다. 김장 재료와 함께 게, 박하지, 능쟁이 등을 잘게 찢거나 절구에 찧어 호박과 양파, 마늘, 고춧가루 등의 재료를 넣고 버무려 항아리에 담아두었다가 간이 배어 맛이 나기 시작하면 뚝배기에 덜어 지져먹는 음식이다.

김치가 익었을 때에는 더욱 구수하고 담백한 맛이 난다. 김치에 갖가지의 생선이 들어가므로 단백질과 무기질을 함께 섭취할 수 있는 음식이다. 젓갈이 많이 들어가는 김치로 호박과 야채에 들어있는 비타민이나 무기질 등을 그대로 섭취할 수 있는 장점이 있다.

1. 재료

늙은호박 1통, 무청 1kg, 배추 1.6kg, 다진마늘 2큰술, 다진생강 2큰술, 간 고추 3컵, 능쟁이젓 1컵(새우젓), 액젓, 파 100g

2. 만들기

① 늙은호박은 껍질과 씨를 제거하고 0.5cm로 갸름하게 썰어 소금에 절인다.

② 무청은 질긴 부분을 떼어내고 배추와 소금에 절여 씻어 놓는다.

③ 고추는 거칠게 갈아 준비된 재료를 버무린다.

④ 능쟁이젓(새우젓), 액젓으로 간을 맞춰 기타 양념류를 넣고 버무려 항아리에 꼭꼭 눌러 담아 익힌다.

⑤ 익으면 뚝배기에 담아 쌀뜨물을 적당히 붓고 구수한 맛이 나도록 바글바글 끓여내어 먹는다.


### (3) 옛날 호박죽 만들기

호박은 예로부터 지금까지 '호박 같은 사람', '지붕 위에서 굴러 떨어진 호박' 등 얼굴이 못생긴 사람을 가리키는 말이기도 하다. 하지만 호박은 사람들이 흔히 생각하는 것처럼 그렇게 못나지도, 쓸모없지도 않다. 잘 익은 황금빛 늙은 호박은 그저 바라보기만 해도 정겹고 마음이 푸근해지는 것은 물론 호박요리를 해서 먹으면 그야말로 사람에게 아주 좋은 보약음식이라 할 수 있다.

호박죽의 효능이 얼마나 뛰어났으면 '동짓날 호박죽을 먹지 않으면 중풍에 걸린다', '임신 중 손발이 자주 붓거나 요통이나 복통, 하혈이 있을 때는 호박 죽을 끓여먹으면 금세 낫는다', '호박죽은 동지 음식', '겨울철에 호박죽을 먹지 않으면 동상에 걸린다'라는 옛말이 지금까지 전해 내려오겠는가.

1. 재료

호박 1/4, 팥 1/2컵, 불린 쌀 1컵(찹쌀가루 1컵), 소금, 흑설탕 약간

2. 만들기

① 호박은 깨끗이 씻어 속을 파고 껍질을 벗겨 잘게 썬다.

② 팥은 물을 3배 정도 넣고 삶아 둔다.

③ 호박 + 불린 쌀 + 물을 넣고 푹 삶는다.

(불린 쌀 대신 찹쌀가루를 넣을 경우 찹쌀가루는 호박과 팥이 무른 다음에 넣는다.)

④ 삶은 내용물을 주걱으로 으깨든지 믹서에 곱게 갈아 삶아 놓은 팥을 함께 넣어 약한 불에 잘 저어가면서 끓인 후 소금과 흑설탕으로 간을 한다.


(4) 호박밀크 만들기

성인병 예방의 으뜸식 '호박밀크', 최근 고령자들이 노망들지 않고 건강하게 삶을 영위할 수 있는 비결로 호박밀크가 주목을 받고 있다. 비타민을 풍부하게 함유하고 있는 호박과 양질의 단백질 식품인 우유를 섞은 호박밀크는 성인병을 막아주는 이상적인 음료로 평가받고 있다. 또한 호박밀크는 호박에서 나오는 천연의 단맛이 있어 누구나 거부감 없이 즐겨 마실 수 있는 온가족의 건강 책임 음료라 할 수 있다.

1. 재료 (2인분)

호박 120g, 우유 400ml, 물 적당량

ㄹ. 만들기

① 호박의 껍질을 벗겨내고 잘 익을 수 있게 적당한 크기로 자른다.

(껍질째 사용해도 무방)

② 냄비에 ①의 호박을 넣고 호박이 잠길 정도로 물을 붓고 삶는다.

(찜통 또는 전자레인지 사용도 무방)

③ 호박이 뭉실뭉실하게 삶아지면 바구니에 담아 물기를 뺀 후 믹서에 넣고 우유를 붓는다.

④ 믹서의 스위치를 켜고 호박의 형체가 없어질 때까지 곱게 간다.

⑤ 컵에 따라 얼음을 띄우거나 냉장고에 넣어 차게 하여 마시면 더욱 맛이 좋다.


(5) 호박피자 만들기

단맛 맷돌호박은 참샘골과 회포마을의 힐링 대표 농특산물이다.

넝쿨째 굴러온 복덩어리 맷돌호박과 만차량단호박의 과육은 예쁜 색깔과 함께 호박 향이 그윽하여 신세대 현대인들의 눈과 입맛을 사로잡는 호박피자로 변신도 한다.

어른, 아이 모두 좋아하는 영양 가득한 호박피자를 내 손으로 직접 만들어 보자!

1. 재료

맷돌호박, 단호박 찐 거, 밀가루 반죽, 피자치즈, 토마토 스파게티소스, 파프리카, 양파, 버섯

ㄹ. 만들기

① 호박을 깨끗이 씻어서 감자칼로 껍질을 벗기고 강판에 갈아 호박 과육즙

을 낸다.

② 호박 과육즙을 넣고 밀가루를 반죽한 후 홍두깨로 밀어 피자도우를 만든다. 이때 홍두깨를 너무 세게 밀면 반죽이 찢어지기 때문에 살살 민다.

③ 피자 양념을 만들어서 피자도우에 잘 바르고 그 위에 호박과육과 치즈, 갖은 야채를 올려놓는다.

④ 준비된 오븐에 피자를 넣고 5~8분 동안 기다리면 맛있는 호박피자가 완성된다. 냄새도 굿, 맛도 굿, 영양도 굿~~


## (6) 호박전 만들기

1. 재료

맷돌호박, 계란, 양파, 찹쌀가루(밀가루), 실파, 들깻잎, 풋고추, 조갯살(새우살)

2. 만들기

① 맷돌호박과 양파를 곱게 갈아 찹쌀가루(밀가루), 난황을 넣고 반죽한다.

② 실파, 들깻잎, 풋고추, 조갯살(새우살)을 먹기 좋은 크기로 썰어 ①의 재료와 혼합한다.

③ 프라이팬에 기름을 두르고 한 숟갈씩 둥글게 떠 넣어 지진다.


## (7) 별미 호박빵 만들기

1. 재료

말린 호박 50g, 호박가루 100g, 강력분 500g, 달걀 2개, 소금 10g, 설탕

70g, 물 160g, 분유 15g, 미스트 20g, 당근 30g, 건포도 100g

2. 만들기

① 강력분과 분유를 섞어 체에 내린 후 소금, 설탕, 호박가루를 넣는다.

② ①에 이스트를 넣고 섞은 후 물과 달걀을 넣고 잘 섞어 버터를 넣어 반죽을 만든다.

③ 반죽을 도마 위에 놓고 칼국수 반죽 정도의 끈기가 생기도록 잘 치댄다.

④ 말린 호박은 물에 불렸다가 잘게 다지고 당근도 잘게 다진다.

⑤ 건포도는 정종에 담가 부드럽게 만든다.

⑥ 반죽에 막이 형성되면 준비한 재료를 넣고 으깨지지 않도록 살살 섞어준다.

⑦ 비닐을 덮고 1시간가량 상온에서 발효시킨다.

⑧ 100g씩 잘라 밀대로 밀어 지름이 10cm 크기로 둥글게 빚어 중앙에 X 모양으로 칼집을 넣는다.

⑨ 비닐을 씌워 2차 발효를 시킨 후 달걀 푼 물을 발라 170℃ 오븐에서 12분간 굽는다.


(8) 호박식혜 만들기

1. 재료

늙은호박 1개, 엿기름 1되, 된밥 2공기, 생강 3쪽

2. 만들기

① 엿기름의 앙금을 우려내서 밥과 함께 삭힌 물을 준비한다.

② 호박의 꼭지부분을 뚜껑처럼 도려낸 후 속을 파낸다.

③ 호박 속에 엿기름 삭힌 물과 생강을 넣어 찜통에 담아 약한 불에 3시간 정도 쪄낸다.

④ 호박이 익으면 꺼내어 즙을 짜서 먹는다.


### (9) 호박찜 만들기

1. 재료

늙은호박 1kg, 밤 15개, 대추 15개, 팥 300g, 설탕 200g, 소금 약간

2. 만들기

① 늙은호박은 반으로 썰어 씨를 빼고 껍질째 깨끗하게 손질한다.

② 15cm × 15cm 크기로 잘라 칼집을 넣어 5분 정도 찜통에 찐다.

③ 밤, 대추는 채 썰고 팥은 삶아 설탕을 섞고 소금으로 간을 한다.

④ 반쯤 익은 호박에 준비해둔 팥을 뿌리고 밤, 대추채를 고루 뿌린다.

⑤ 다시 찜통에 넣어 20분 정도 쪄낸 후 접시에 담아 수저로 떠서 먹는다.


### (10) 호박잼 만들기

1. 재료

늙은호박 700g, 사과 300g, 설탕 600g, 생강 약간

2. 만들기

① 호박은 껍질과 씨를 제거하고 듬성듬성 썰어 생강을 넣고 삶아 믹서에 곱게 간다.

② 사과도 껍질을 깎아 잘게 썰어 믹서에 곱게 간다.

③ 갈아놓은 호박과 사과를 함께 넣고 설탕을 넣어 저어가며 졸인다.

④ 잼이 완성되면 뜨거울 때 소독한 병에 담아 뚜껑을 닫고 거꾸로 세워 식힌 다음 보관한다.


### (11) 호박김치 만들기

1. 재료

늙은호박, 배추(열무, 무, 알타리 등), 파, 마늘, 생강, 새우젓(액젓), 마른고추(고춧가루)

2. 만들기

① 늙은호박은 껍질을 벗겨 1~1.5cm 두께로 썬 후 액젓으로 간을 해서 재워놓는다.

② 배추(열무, 무, 알타리 등)는 소금에 절여 씻어 건져놓는다.

③ 마른고추(고춧가루)는 물에 불렸다가 마늘, 생강과 함께 갈아놓는다.

④ 액젓에 재워놓은 늙은호박에 배추(열무, 무, 알타리), 갈아놓은 양념, 파 등을 넣고 버무려 보관한다.

⑤ 조금씩 꺼내어 냄비에 쌀뜨물을 적당히 붓고 익혀 먹는다.

※ 김치 담그는 방법으로 하면 된다.


### (12) 호박찌개 만들기

1. 재료

늙은호박, 새우, 새우젓(액젓), 양파, 대파, 고춧가루, 마늘, 풋고추

2. 만들기

① 늙은호박을 큼직큼직하게 썰어 새우젓, 고춧가루, 마늘을 넣고 버무려 10분 정도 재워둔다.

② 호박에 간이 들면 새우와 함께 물을 붓고 끓인다.

③ 새우의 시원한 맛과 호박의 달콤한 맛이 일품이다.


(13) 호박장아찌 만들기

1. 재료

늙은호박, 된장 (간장)

2. 만들기

① 늙은호박을 반으로 잘라 씨를 빼고 네모로 썰어 꼬들꼬들 말려서 된장에 넣어둔다.

② 된장 대신 간장에 넣어도 된다.

③ 호박에 간이 들면 꺼내어 갖은 양념에 무쳐 밑반찬으로 먹는다.


(14) 호박정과 만들기

1. 재료

호박고지, 설탕, 물, 물엿

2. 만들기

① 호박고지를 ㅋ~5cm 정도 먹기 좋은 크기로 자른 다음 약간 물에 불린다.

② 두꺼운 냄비에 설탕과 물을 1:1 비율로 끓이다가 호박고지를 넣고 시럽에

졸인다.

③ 마지막에 물엿을 넣어 졸이면 윤기 있는 호박정과를 만들 수 있다.


### (15) 호박크로켓 만들기

1. 재료

호박 1/4개, 양파 1개, 쇠고기 200g, 달걀 1개, 밀가루 1컵, 빵가루 1컵, 식용유

2. 만들기

① 호박은 껍질을 벗겨 푹 삶아 물을 따라내고 수분을 증발시켜 볶아 으깬다.

② 쇠고기는 다져서 마늘, 후추로 간을 하여 볶아 식힌다.

③ 양파도 잘게 다져서 마늘, 후추로 간을 한다.

④ 위의 재료를 섞은 다음 달걀 모양으로 빚는다.

⑤ 밀가루, 계란물, 빵가루 순으로 입혀서 170℃의 식용유에 노릇노릇하게 튀겨낸다.


### (16) 호박차 만들기

1. 재료

호박 1/4개, 생강, 대추, 계피, 땅콩(깨)

2. 만들기

① 대추, 생강, 계피를 푹 고아 물을 준비한다.

② 호박은 껍질과 씨를 제거하고 얇게 썰어 준비해둔 생강물을 부어 삶는다.

③ 삶은 호박을 믹서에 담고 땅콩이나 깨를 함께 넣어 곱게 간다.

④ 곱게 간 호박을 다시 냄비에 넣고 끓여내 잣을 띄워 마신다.


### (17) 호박떡 만들기

1. 재료

쌀가루 10컵(멥쌀, 찹쌀), 호박고지 300g, 팥고물 4컵, 소금 약간

2. 만들기

① 호박고지를 3cm 정도로 썰어 쌀가루와 버무려 놓는다.

② 시루에 헝겊을 깔고 팥고물 한 층을 고루 펴고 쌀가루와 호박고지 섞은 가루를 2~3cm 정도 되도록 한 층 놓은 다음 다시 팥고물을 얹는 방법으로 시루에 안친다.

③ 시루에 김이 나도록 푹 찐다.

④ 젓가락으로 찔러보아 쌀가루가 묻어나지 않으면 다 익은 것이다.


### (18) 호박경단 만들기

1. 재료

쌀가루 3컵, 찹쌀가루 2컵, 호박가루 1컵, 팥고물(빵가루, 계피가루), 소금 약간

2. 만들기

① 쌀가루, 찹쌀가루, 호박가루를 고루 섞어 익반죽한다.

② 익반죽한 것을 둥글게 빚어 끓는 물에 넣어 익힌다.

③ 익은 경단이 물 위에 떠오르면 찬물에 행군 뒤 물기를 빼고 고물을 입힌다.


### (19) 호박꿀단지 만들기

1. 재료

 늙은호박 1개, 꿀 1홉, 대추 1컵

2. 만들기

① 늙은호박의 꼭지 부분을 동그랗게 도려낸 후 씨를 빼낸다.

② 호박 속에 꿀과 씨를 뺀 대추를 넣고 꼭지를 다시 막아 찜솥에 안친다.

③ 찜솥에서 충분히 무르도록 찐 다음 체에 거른다.

④ 냉장고에 넣어두고 먹을 때마다 따뜻하게 데워서 마신다.


### (20) 호박꽃찜 만들기

1. 재료

 다 피지 않은 호박꽃 10개, 쇠고기 다진 것 500g, 두부 약간, 표고버섯 조금, 양념장, 겨자장 약간씩

2. 만들기

① 호박꽃은 완전히 피지 않은 것으로 수술을 떼어내고 준비한다.

② 쇠고기는 곱게 다지고 두부는 으깨어 물기를 짠다.

③ 표고버섯은 곱게 채 썰어 고기, 두부와 함께 양념장으로 고루 무쳐 놓는다.

④ 호박꽃 속에 밀가루를 뿌리고 양념한 속을 넣은 뒤 꽃잎을 오므려놓는다.

⑤ 장국이 있는 냄비에 속을 채운 호박꽃을 넣고 중불에서 익힌다. 끓는 도

중에 국물을 끼얹어 간이 고루 배도록 한다.

⑥ 고기가 익어서 장국물이 우러나면 그릇에 담아 고명을 얹고 겨자장을 곁들여 낸다.


## (21) 단호박 영양솥밥 만들기

1. 재료

단호박 1개, 찹쌀 2컵, 밤, 은행, 대추 5개씩, 잣 10개, 송이버섯 2개, 인삼, 닭 육수 $2\frac{1}{4}$ 컵, 마늘 2쪽, 생강 1쪽

※ TIP : 호박 자체에서 즙이 발생하기 때문에 닭 육수를 넣을 때 쌀 표면이 잠길 정도로 육수의 양을 맞춘다.

2. 만들기

① 단호박의 윗부분을 칼로 잘라 뚜껑과 몸체를 분리한 후 안에 있는 씨를 없앤다.

② 찹쌀을 물에 불리고 인삼은 5cm 길이로 썰어 놓는다.

③ 은행은 팬에 볶아 껍질을 벗기고 송이는 0.5cm 두께로 썰어 놓는다.

④ 불린 찹쌀에 호박과 나머지 재료를 넣고 닭 육수로 농도를 맞춘 후 밥을 짓는다.


## (22) 단호박 샐러드 만들기

1. 재료

단호박 $\frac{1}{2}$ 개, 말린 과일(건자두, 건망고, 건포도) $\frac{1}{2}$ 컵, 배 $\frac{1}{4}$ 개, 잣 1작은

술, 드레싱(으깬 단호박 $\frac{1}{3}$컵, 생크림 1큰술, 플레인 요구르트 2큰술, 레몬즙 1작은술, 설탕 1큰술)

2. 만들기

① 호박은 반으로 갈라 씨를 빼내고 찜통에 쪄서 껍질을 벗긴 후 2X2cm 크기의 정육면체 모양으로 썬다.

② 배는 껍질을 벗겨 1.5X1.5cm 크기의 정육면체 모양으로 썰어놓는다.

③ 준비한 드레싱 재료를 잘 섞어 단호박드레싱을 만든다.

④ 호박과 배, 말린 과일, 잣을 그릇에 보기 좋게 담은 후 드레싱을 뿌려낸다.


(23) 단호박 만두 만들기

1. 재료

단호박 $\frac{1}{4}$개, 말린 표고버섯 4장, 만두피 20장, 양념재료(간장 $\frac{1}{2}$큰술, 설탕 1작은술, 다진 파 1작은술, 다진마늘 1작은술, 참기름 약간), 풋고추 2개, 깨소금 1큰술, 참기름 $\frac{1}{2}$큰술, 소금. 후추 약간씩, 초간장(간장 1큰술, 물 $\frac{1}{2}$큰술, 식초 1큰술)

2. 만들기

① 호박을 깨끗이 씻어 껍질 벗겨 곱게 채 썬 다음 소금에 살짝 절인다.

② 채 썬 호박을 프라이팬에 기름을 조금만 둘러 살짝 볶아 식혀 놓는다.

③ 표고버섯을 물에 한번 불려서 꼭지를 떼어 내고 곱게 채 썬다.

④ 채 썬 표고버섯에 양념을 넣고 무쳐서 기름에 달달 볶아 식혀 놓는다.

⑤ 고추를 깨끗이 씻어 반으로 갈라서 곱게 채 썰어 기름에 살짝 볶는다.

⑥ 호박, 표고버섯, 고추 등이 완전히 식으면 한데 섞어서 깨소금, 후추, 참기름을 넣고 무친다.

⑦ 만두피를 접시에 펴놓고 위에서 준비한 속을 넣어 양손으로 주름을 잡아 예쁘게 빚은 다음 찜통에 쪄내어 초간장과 곁들여 낸다.


## (24) 단호박 양갱 만들기

1. 재료

한천 불린 것 $\frac{1}{2}$ 컵, 단호박 250g, 우유 $\frac{1}{2}$ 컵, 설탕 60g, 소금 약간

2. 만들기

① 한천은 하루 정도 물에 불려둔다.

② 호박은 잘라서 찜통에 넣어 무르게 찐 후 속을 파내고 으깨놓는다.

③ 불린 한천을 건져 곱게 다진다.

④ 냄비에 우유와 물을 각각 $\frac{1}{2}$ 컵씩 넣고 ③의 한천을 넣어 약한 불에 녹인다.

⑤ 한천이 완전히 녹으면 체에 한 번 거른 후 설탕을 넣어 다시 한 번 끓여준다.

⑥ 한천 녹인 것과 호박 으깬 것을 잘 섞어 한소끔 끓인 후 소금을 넣어 식힌다.

⑦ 물을 바른 틀에 ⑥을 부어 30분~1시간 정도 두어 굳힌다.

⑧ 그릇에 먹기 좋게 썰어낸다.


## (25) 단호박 튀김 만들기

1. 재료

단호박, 밀가루, 튀김가루, 흑임자가루, 달걀, 식용유, 얼음물

ㄹ. 만들기

① 단호박은 속을 파내고 사각형으로 썰어 끓는 물에 살짝 데쳐놓는다.

② 데친 단호박에 마른 튀김가루를 묻힌다.

③ 분량의 얼음물에 달걀을 푼 다음 체에 친 밀가루와 흑임자를 넣어 살살 섞는다.

④ ②의 단호박에 튀김옷을 묻혀 160도로 달궈진 식용유에 넣어 튀긴다.

⑤ 양념장을 만들어서 곁들여낸다.


(26) 단호박 부침 만들기

1. 재료

단호박, 밀가루, 식용유, 소금 설탕 조금

ㄹ. 만들기

① 단호박은 등분하여 껍질을 벗겨 곱게 채 썬다.

② 밀가루, 소금, 설탕을 체에 내려 물을 붓고 골고루 저어 반죽을 한다.

③ 반죽에 채 썬 단호박을 섞는다.

④ 프라이팬에 식용유를 두르고 반죽을 떠서 얇게 부친다.

⑤ 앞뒤로 노릇노릇하게 지져낸다.